三匹のかいじゅう

椎名　誠

集英社文庫

三匹のかいじゅう　目次

挿画　沢野ひとし

三匹のかいじゅう

おばけトイレ

またまた『すばる』という純文学系のこういう雑誌に出てきて、頼まれもしないのに（いやそうではないな。頼まれたのだった）、とにかくなにか私生活のどうでもいいようなことを連続して書くことになった。

そういうのを人に読ませて、なにがどうなるんだ、という負い目的疑問があるんだけれど、いつまでもそんなことを言っていてもしようがないから、まあざっくばらんに話は始まってしまう。

と、いいつつのっけから困っているのは、この話のなかで自分のことをなんと言おうか、という問題だ。むかしの純文学では「わたし」が一番無難とされていたらしい。

しかしこれは純然たる雑文だ。長い純粋な連載雑文だ。「純雑文」。

軽くいきたい。

といって「ぼく」というのはいい歳《とし》をしてちょっと気がひける。複数になると「ぼくら」だ。ぼ、ぼ、ぼくらは少年探偵団。

「おれ」が一番現実に近いのだが、話の展開では使いにくい状態が予測される。とくにこのシリーズには三匹の孫が出てくるので、そいつらとの交流エピソードが多くなる。したがってじいちゃんとしては「わし」という使いかたも有力候補だ。複数の「わしら」という言い方も悪くない。

現にいまある雑誌で「わしらは怪しい雑魚釣り隊」という連載をやっている。でも実生活ではいまのところ「わし」とは言わないのでいきなりこういう場で「わし」というのも違和感がある。二十年ぐらい前からこの雑誌に断続的に私小説的なものを書いてきたのでそれを調べてみるとやっぱり「わたし」が多い。

でもこれもよく考えると実生活では「わたし」なんぞと気取ったことは言っていない。思い切って「おいどん」ではどうだ。しかし使いにくいだろうなあ。

「おいどんは朝は三杯めしでごわす」

なにをいつまでもごちゃごちゃいっているのだ。

ここまで書いてきて「わたし」はやや苛立《いらだ》ってきた。しょうがない。やっぱり無難に「わたし」でいくか。

読者よ。この日常生活小説の語り手（作者）は「わたし」である。

わたしには二人の子供がいて、ずいぶん前に生まれており、二人ともアメリカに留学してとうに成人した。姉のほうはニューヨークにもう十九年ぐらい暮らしていて、いまは法律事務所の司法通訳をしている。アメリカに渡った当初は役者の道をめざし、ニューヨークの裏町アパートなどに住んで小さな舞台などに立っていたようだが、最近になってようやく堅気の仕事になって「とうちゃん」としてはいくらか安心している。

そうだ。わたしは自分の二人の子供らにはずっと「とうちゃん」と呼ばれていたのだった。それは今でも変わらず、娘はときどきアメリカ人の弁護士を何人か連れて日本に滞在し、五、六日いて嵐のように去っていくのだが、その折りは当然彼女は宿泊食事一切無料のわが家に泊まっていく。しかし訴訟社会のアメリカの弁護士の司法通訳というのはとてつもなく忙しいようで、早朝ミーティングのために家を出て夜更けに帰る。それからも書類の翻訳の仕事などで殆《ほとん》ど寝ていないのではないかと心配になることもある。

なにか長引いている日米の経済事件を担当しているらしいのだが、守秘義務があるから事件の話は一切しない。したがってわたしも何も聞かない。まあ聞いてもなにもわからないだろうし。

帰国する前の日の夜にやっと一時間ほど話をする時間があると、二人でワインを飲みながら簡単な近況報告を互いにする。帰りは成田エクスプレスの出る新宿までクルマで送っていくが「じゃあとうちゃんいつまでも元気でね」と彼女はいう。

弟は、この一連の私小説シリーズのとっかかりになった『岳《がく》物語』の岳君である。姉の住んでいるニューヨークとは反対側のサンフランシスコの大学に進み、やはりそこで十七年暮らしている。

だからわたしの家は基礎的な子育てが終わってからずいぶん長いこと夫婦二人だけの生活になった。お互いに海外への長い旅行が多かったので、ある年などよく考えたら一家四人まったく別々の国にいることがあった。

そして姉より先に弟のほうが結婚した。妻は日本人だがインド人みたいな雰囲気のある小柄な美人だった。まもなく長男が生まれ、三年後に長女が生まれた。そして、今後そのまま子供らとともにアメリカにいるか、日本にいったん帰ってくるか、という人生的な岐路に立ち、とりあえず子供らに日本の生活を体験させよう、ということで、一家は「試し帰国」をした。そしてわたしが空港にその四人をクルマで迎えに行った、というところまで『大きな約束』『続 大きな約束』（ともに集英社刊）に書いた。かれらが帰国したところで話は終わっているのである。

とりあえず一家は都内にあるわたしの家にしばらく住むことになった。わたしたち夫婦二人では全部を使いきれない都心での立地としてはそれなりに大きな家だったので、かれらファミリーの帰国によってわたしの家はいきなり六人家族になって活気づいた。なによりも賑《にぎ》やかでちょこまかしたチビが二匹侵入してきたのだ。わたしの家は地下一階、地上三階。その上の屋根裏部屋の隣に敷地の半分を使った屋上がある。そういう家を孫たちはめずらしがって上下左右に走り回っている。

サンフランシスコにいたときはヒスパニック系の家族が大勢住んでいる安アパートで、家の中で子供らが走り回ると階下に住んでいる腕にタトゥのあるアメリカ人がすぐに文句を言ってくる。

わたしがかれらの家に滞在しているときにも何度かそういうことがあった。さらにいかにもアメリカらしく真夜中に拳銃を発射する音などがときどき聞こえてきたりする。猫が飛び越えただけでも作動する車のけたたましい盗難予防の警報などしょっちゅうだ。そこはカストロという名の街で、ヒスパニックや黒人のヤクザによるある種のウォータウンでもあったのだ。

今度はいくら走り回ろうが転がろうが誰にも文句をいわれないし、近所で夜中にピストルをぶっ放すような危険な人はまずいない。

上の孫は「風太《ふうた》」という名で五歳の男の子。下の女の子は「海《うみ》」という名で二歳。かれらが生まれたサンフランシスコのその街は風がよくとおり海に近い。だから単純にそういう名がつけられたのだが、その相談を受けたとき、生まれたところの風土や気配によく合っているいい名だよ、とわたしは言った。

アメリカ生まれ、アメリカ育ちの二人は幼児なりに日本という国が珍しいらしく、毎日見るもの触れるもの、いろいろと面白がっているようだった。

日本人同士の夫婦のあいだに生まれたが、長男の風太君はアメリカの幼稚園その他では英語教育の世界にいたので、ちょっとした言葉の発音はいわゆるネイティブイングリッシュだ。耳から聞いて覚える言葉は、舌がよく回転し、日本人の英語とは別物だった。

いつのまにかわたしはかれらから「じいじい」と呼ばれるようになっていた。わたしもついにかれらから「じいさん」と認識されるようになったのだ。でも「ばあさん」じゃないから「じいじい」で、まあいいわけだ。わたしはそれもけっこう気にいっている。

日本にきてしばらくのあいだ、かれらの質問は思いがけないことが多かった。

わたしの妻がアメリカではあまり食べなかっただろうと「おでん」をつくってあげると「これはどうしてトライアングルとスクウェアがくっついてるの？」などと聞く。じいじいは聞かれても答えようがない。

「おでんというものはむかしからそういうふうに決まっておるのじゃ」

そのように言うしかない。

困ったこともおきた。

風太君がわが家のトイレに入れないのだ。

なぜ入れないのか聞くと「じいじいの家のトイレには何かおばけがいる」と言う。

「おばけなんかいるわけないよ。普通のトイレだよ」

じいじいはびっくりしてそう答える。

「でもいる」

風太君は真剣な顔で答える。

「おばけなんかいないよ。それじゃためしに一緒に入ってみよう」

じいじいと孫のトイレ探検隊が結成された。わたしは風太君の背丈と同じ高さになるように膝をついてトイレのドアをあける。風太君はわたしに体をくっつけ本当に怖そうだ。

「わあ」

風太君はすぐにそう言った。

「なにがどうしたの？」

「だってホラ、どこも触らないのに電灯がついてしまう」

風太君はまず怪しい〝異変〟を訴える。ハイテク大好きの日本は、頼みもしないのにヒトが中に入ると勝手に電灯がつくような装置を業者が勝手に仕込んでいった。

「奥のほうでおばけがうなっている」

さらに風太君は本当に怖そうにそう言う。

殆どわたしは気がついていなかったが、ヒトがドアをあけて体をなかに入れると天井にあるファンがそれを察知して勝手にまわりはじめる。脱臭のためのいかにも日本的なコマカイ装置だ。それが「ブーン」という音をたてているのだ。うーん、なるほど。小さい子供には正体がわからない音はブキミなのだろう。

「それに奥からおばけがにらんでいる。ホラ」

風太君が指さす先にいままで気にもとめなかったが便器の背の横に直径三ミリ程度のランプがふたつ並び、それが青い光を発している。よくみると、単にその便器に電気が通じているよ、ということを知らせるランプがひとつ。もうひとつは「その他の機能が正常です」ということを知らせるものであった。考えればどっちもあまり意味はない。やってることがとにかく大袈裟《おおげさ》なのだ。

「これはおばけの目じゃなくて、電気が光っているだけなんだよ」

五歳の子にどれだけ理解できるかわからないが、わたしはとにかくそう説明した。

「だから何も怖くないよ。じいじいが一緒にいるから、この上にまたがってみよう」

わたしは風太君を抱いて便座の上に座らせた。とたんに「きゃあ！」と叫んで風太君は飛び上がるようにして外に出ていってしまった。

原因はわかった。これもハイテク日本のお節介システムで、人が便座に座ると何か「キュウ」などという不穏な音をさせて水が勝手に流れてきてすばやく回転するのだ。予備洗浄というやつである。

その段階でわたしは理解した。

わたしの家のトイレは、日本では当たり前になった温水洗浄シャワー装置のついたものである。けれどこれは実に日本的なもので、ヨーロッパにもアメリカにもこのようなトイレはない。もちろんロシアやインド、中国などの便所にもない。

もしなにかの目的で中国の田舎の町にこういうのを設置したら行列ができるだろう。日本にはそこらへんのちょっとした公園の便所にもこのようなハイテクトイレが増えてきた。インドの公園にこんなトイレを作ったら数家族が住み着いてしまうような気がする。

つまりこの自動的に肛門《こうもん》その他を温水で洗ってくれるハイテクトイレはまことに日本独特のもので、いうなれば最新式の〝おせっかい〟な「和式トイレ」なのだ。

五歳の風太君はサンフランシスコでこんなものに一度として出会ったことがない。かれのアパートの家のトイレはわたしたちがこれまで「洋式」と言っている、排泄《はいせつ》しおわったらコックを押して水で流すだけのシンプルなものだった。そういうものに生まれてからずっと慣れている五歳の子供からみると、日本のそのハイテクトイレはあまりにいろんなことを勝手にやりすぎる「ロボット」みたいなトイレ、つまり「生きている」「なにかいる」トイレなのだった。

わたしの家には一階と二階の二箇所にトイレがあったが両方とも同じシステムのものだ。海ちゃんはまだおむつをしているので問題はないが、かれらの滞在中に風太君がトイレを使えないとなったら大変なので、わたしはかれらがいるあいだだけでも、ごく普通のアメリカ式の何もしないトイレにしておこう、と電気のプラグを抜いてしまった。こうすれば光る目も消えてブーンの音も、それから勝手に流れる予備洗浄の水流もなくなるだろう。

やってみると驚いたことにすべての水が流れなくなってしまうのだった。あの洗浄水流もどこかで電気が絡んで起動しているらしい。

そこでわたしはこういうハイテク製品には必ずついているだろう「取り扱い説明書」

というものを思い浮かべた。ハイテクといえどもこの程度のものは自然に使いかたがわかってしまうから、取り付けた当初にそれを見た記憶はないが、妻に聞いたら、なんでも購入もしくは取り付けたものについているその種の書類や説明書をとにかくみんな入れてある引き出しがあると教えてくれた。あけてみるとあるある。大型冷蔵庫から全自動洗濯機、スチームアイロンとかジューサーなどの説明書まであった。

まあこういうものをちゃんとしまっておくことは大切である。めざすハイテクトイレの取り扱い説明書もちゃんとあった。家を建築した業者が設置したあらゆる電気製品などの説明書をドサッと渡されたが一度も見たことのないやつが殆どであった。

この手の説明書を書く人は、みんな文章がおそろしく下手である。ある意味では悪文。やさしいことをわざわざ難しく書く、ということに全精力を使っているのではないかと思うほどの難解文が続く。

そのハイテクトイレもばかばかしいくらいに専門用語を羅列して、読む人に簡単にはわからせないようにしている種類のものだった。取り付けられても一度も読まなかったのでこれまで知らなかった装置をいくつか発見した。あるボタンを押すと「ターボ瞬間パワー脱臭」という機能が働くのである。そこまでしてたかが一人の臭気を排除したい場合とはどんな臭気なんだろう。つい考え込んでしまう。マッサージ機能というのもある。うっかりそのボタンを押すとどこをどんなふうにマッサージされてしまうのかテキのたくらんでいることがわからない。そもそもトイレなどでマッサージしてもらう意味がわからない。

わたしがさがしていたのは、便座を温めるとか自動ファンを回さなくてもいいから、排水装置だけが働くようにするための方法がないか、ということだった。しかし熟読してもそういう操作はできない、ということがわかってきた。ハイテクのくせにそういう単純な分離操作はできないのだ。

ほかの方法は見当たらず、かといって小さな子に我慢させるわけにはいかないから、かれが用をたすときはプラグを抜いて、コトが終わったあとは水を汲《く》んできてそれで流すことにした。それからじわじわ「おばけなんかいない」ということを体験で慣らしていくことにした。じいじいはなかなか忙しくなってきたのだ。

しかし、こういう体験をすると、日本という国の〝異文化性〟のようなものを考えるきっかけになる。娘に電話してニューヨークのトイレ事情を聞いた。やはり日本のようなハイテクトイレは存在せず、どこも昔ながらのシンプルなままだという。日本では空港や大きな駅などにはこのハイテクトイレがかなり普及している。アメリカの公共施設に、もしそういうトイレを設置したらアメリカ人はどう反応するのだろうか。娘に聞いた。

「たぶん、すぐに壊されてしまう。そうして壊れてもそれを直すメンテナンスの能力が設置した側にないんじゃないかな。第一、ニューヨークでは日本にあるような公衆トイレに普通の人はなかなか入っていけないもの」

彼女は半分笑いながらそう言った。

そうであった。わたしも体験して知っているが駅の端のほうにある地下鉄のトイレなどは、そこに入ったら無事に出てこられるかどうかわからない危険なかおりに満ちている。かおりといっても糞便《ふんべん》のそれではない。デンジャラスゾーンとしての恐怖のかおりだ。

仕事柄一日中家で原稿を書いていることの多いわたしに風太君と海ちゃんは恰好《かっこう》の気分転換の遊び相手になった。

最初の頃、チビたちは家の中をタンケンして歩くのを面白がった。とりわけいろんなものが雑多に置いてある屋根裏部屋はタンケンのしがいがあるようだった。ある日奥のほうに木馬があるのを風太君がみつけ、それに乗りたがった。それはわたしが新米の父親になった頃に娘と息子のために作った木馬で、硬くしっかりした楢材《ならざい》を使ったので、いまだに頑丈で安全に乗ることができる。かれらのためにそれをおろし、使わせた。作りたての頃、まだ小さかったわたしの娘や息子たちがそれに二人乗りしてゆらゆら遊んでいた遠い昔の風景が頭の奥にちらつく。

親子二代にわたって遊んでくれるとは思いもよらぬことだったので、わたしはひそかに時代をへだてたその風景を懐かしく思った。

古い絵本もまだ屋根裏部屋の本棚に残っていた。どちらがそうしたのかわからないが主に娘か息子の思い入れの深いものが残されているようだ。それらも階下の部屋にはこぶことにした。

仕事の時間があいた午後などにそんな絵本を読んであげる。結局それらも親子二代にわたって役立っているわけだった。

みんなあちこちボロボロになっているが、それだけなんべんも繰り返して読んだ、ということなのだろう。とくに『三びきのやぎのがらがらどん』『ぐりとぐら』『もりのへなそうる』のボロボロ具合が目立った。

わたしは幼かった自分の娘や息子を膝の上にのせて何度もそれらを読んであげたことを思い出した。娘はとくに『三びきのやぎのがらがらどん』が怖くて好きで、橋の下にぐりぐり目玉のトロルがいて「なにものだあ！　おれの橋をガタガタさせるのは！」というところでピクンと全身を震わせる。百回読んでも百回ピクンと娘がわたしの膝の上でフルエルのがおかしくて、よく脅かしていた。

さっそく風太君と海ちゃんを同じように膝の上にのせて読んであげた。

風太君は『三びきのやぎのがらがらどん』はアメリカにいたときにも読んでもらったことがある、と言った。マーシャ・ブラウンが絵を描いたこの北欧民話は世界中で翻訳されているから、かれは幼稚園などで英語で読んでもらっていたのだろう。

そのとき風太君は正確には「アメリカにいたとき」とは言わず「サンフランシスコにいたときにー」と言ったのだった。けれどももっと正確にいうとかれはまだうまくいえず、しばらくはサンフランシスコを「サンコンカン」というふうに言っていたのだった。

もうひとつ、父親によく連れていってもらって風太君が大好きになっていた場所はベイブリッジであったが、でもそれを言うときもやはり舌が回らず「ベイブリブリッジ」となってしまった。

屋根裏からドアひとつで屋上に出ることができる。坂の上にあるので屋上に上がると思いがけないほどひろびろとした都会の西の風景が望める。晴れた日に幼い二人を連れていって「日本の東京だよ」と説明してあげる。

サンフランシスコに住んでいたかれらのアパートでは避難階段を上がっていくと、屋上ではなくあちこち傾斜のついた屋根の上に上がることができた。そこはかなり広い面積ながらまわりに柵というものがないので、子供たちは親と一緒のごく限られた条件のときしかそこに上がれなかった。

けれどそこからの眺望はなかなかよくて、日本でいえば山の手の高級住宅街などが遠望でき、メルクマールになるような巨大な白い塔が真正面に見えた。

サンフランシスコを舞台にした映画などではその風景がよく出てきた。

「あれはお城だよ」

風太君はわたしにそう教えてくれた。実際には違う用途の建物なのだろうが父親にそう教えてもらっていたのだろう。

わたしの家の屋上からはそういうひときわ目につくような塔のようなものは見えない。強いていえば遠く隣の区のゴミ焼却のための白い煙突が見え、それはサンフランシスコの〝お城の塔〟の百分の一ぐらいの規模だったから、かれらには見えなかったようだった。見えて、あれは何？　と聞かれ、「ゴミを燃やしているんだよ」と答えるのではあまりにもなさけない。

屋上には三分の一ぐらいのスペースに土を入れてそこに小さな庭がつくってある。真ん中に高さ四メートルほどの小さな桜の木、柚子《ゆず》、アジサイなどが植えてあるが、最初にちょっと植えたススキがどんどんその勢力範囲をひろげ、その年のやたらに強い夏の光をあびて怪物じみて大きくなっていた。まさに夏草繁《しげ》れるの風景だ。五歳と二歳の子にとっては、そこは家のてっぺんにあるジャングルのように見えたのだろう。

「じいじいの家にはどうして山があるの？」風太君が聞く。海ちゃんはまだ二歳だが女の子なので言葉の覚えが早く「山にのぼりたい」などと言っている。登るといっても起伏は三十センチぐらいのものだ。それでも五歳や二歳の幼児には山と解釈される、というのがわたしには面白かった。

そんなふうにしてサンコンカンからきたチビたちはあらゆるところでわたしの日常に不思議で魅力的な刺激を与えてくれていた。

夕陽《ゆうひ》がおちるとそれらの〝草山〟に水をあげるのが真夏のわたしの毎日の日課だった。チビたちはそのたびにわたしのあとについてきて、妻があらかじめ買っておいた小さなジョウロなどでたいへんわたしの足手まといになる手伝いをしてくれた。でもそんな小さな手伝いの手が増えたことによって、わたしの夕方の仕事はぐんと楽しみが増してきたのだった。

かれらが日本に家族ぐるみで帰国した理由のひとつに、三人目の子供を日本で出産する、という大きな目的があった。すでに妊娠四カ月になっている。それについて、息子夫婦はしばらく話し合いをしていたらしい。アメリカで生まれた風太君と海ちゃんは、これから日本で生活するか、またアメリカに帰るか方針ははっきり決まっていなかったが、どちらにしてもかれらは二十歳になるときにどっちの国にいるのかわからないけれど日本人かアメリカ人かの国籍を決めなければならない。けれど三人目のこれから生まれる子は、あくまでも日本国籍である。きょうだい三人の将来にそれがどんなふうに影響してくるかわからない。

かれらの父親は、それについてなにかの不安を感じたらしくわたしに相談してきた。

「きょうだいが必ずしも同じ国にずっと暮らしていく、とは限らないだろう。現に君のお姉さんはグリーンカードをとってずっとアメリカで暮らしていくことに決めているじゃないか。そうして君はもしかするとこのまま日本で暮らしていくかもしれない。同じ国に住んでいてもきょうだいが大人になると離れ離れの生活をする、というのがだいたい普通の人の生活だろう。だから、三人のきょうだいを同じ国で産む、ということにあまりこだわらないほうがいいと思う。それよりも母親が精神的にも健康の上でも安定してストレスのない環境で出産することのほうを第一に考えたほうがいいんじゃないか」

わたしはそう答えた。

珍しくわたしは親らしくそのようなことを話していたが、わたしの娘や息子らはもうずいぶん長いことわたしの元から離れていたので、かれらの生活やその周辺のことをわたしはあまり考えなくなっていた――というこれまでの日常感覚に、わたしはそのとき初めて気がついたのでもあった。

　出産し、新生児がかれらの家族に加わると、新生児の体が安定するまで少なくともあと一年半から二年は確実に日本に滞在することになる。そこで一カ月ほどするとかれらはわたしの家の近所にあるマンションに引っ越しすることになった。歩いて三分もかからないところで、日当たりのいい部屋が見つかっていた。同時にかれらの父親は日本で一時的に仕事をすることになった。

　ここで、再び私小説としてこれから頻繁に登場することになるだろう人物、風太君や海ちゃんの父親や母親をなんと書いていくか、という呼称の問題にぶつかった。固有名詞をそのまま使うのをどうやら本人らは嫌がっているようだ。かといっていまさら小説用の名前を考えるのもしっくりしない。さらに「わたしの息子」というのでは、もう二児の親になっている本人も、そしてわたしもなんだかコソバユクおさまりが悪い。

　この小説は必然的に「孫とおじいさん」のエピソードが中心になっていくだろうから読者には少々まわりくどい表現かも知れないが「かれらの父親、あるいは母親」という呼称がわたしには一番現実的でしっくりするようだ。話の展開でどうなるかわからないけれど、ケースバイケースでいくしかない。まあ、そういうことにして、ふたたび話の続きだ。

近くのマンションに越したかれらファミリーは家賃や生活費が必要である。かれらの父親はサンフランシスコの芸術大学で大学院までいきながら写真芸術を専攻していたので、アメリカでは写真関係の仕事をしていた。けれど、日本でいきなりカメラマンの仕事をするには相当のコネクションや、よほど運のいい職場に恵まれないかぎり、出版不況のまっただなかでは動きがとれない。

わたしは長いこと出版関係で仕事をしているからその分野に親しい人は沢山いたが、そんなコネクションを頼る、ということはしなかったし、本人からの相談もなかったから、わたしたちの間にはその話題はまったく出なかった。結局かれは求人誌などでまったく場当たり的に当面の仕事をさがす、という方法をとったようだった。

最初の頃は、一週間か十日ぐらいの日雇い仕事をしているようだった。そのなかには、よく道端で見る、交差点などに座ってクルマの交通量を専用の計器で数える、などという仕事もあって、朝から突然の雨の日などは「雨ガッパない?」などとわたしのところに借りにきたりした。釣りのときに使っているのを貸したが、わたしより体が大きいのであまり実用にはならなかったようだった。

日本での、ふらふら戸惑いながらのかれらファミリーの生活方針は「できるだけ早く日本に馴染《なじ》み、自立する」という方向にむかっているようで、それは評価できることだった。

けれど何事も合理的にできているアメリカの社会生活に長年馴染んできたから、日本での生活復帰には毎日大小のすさまじいストレスが重なっているようであった。

日本に居住するための手続きなどをはじめ、各種の許可申請や、資格獲得などで役所に行くと、たったひとつのことを申請するのに五、六箇所の窓口を回らなければならず、それも実際にはそれだけ回る意味があまりよくわからない形式的なものでしかない、という ある意味では「これぞ日本」というようなお役所仕事に直面し、くたくたになって帰ってくることもあった。

「アメリカだったら、こんなのサインひとつでOKなんだがなあ。十五分で済む用件が丸一日かかっちゃうんだよ」

かれらの父親は、日雇い仕事の一日を休んでしまったいまいましさもあってはじめて愚痴をこぼした。

「日本に住むんなら、そういうコトに文句を言っても通じないよ。そういう国なんだってわかって帰ってきたんだろう」

わたしは軽い口調でそう言ったが、かれの苛立ちといまいましさはよくわかった。月に二回ぐらいは週末になるとわたしの家にみんな集まり、揃《そろ》って夕食を食べた。みんな手巻き寿司《ずし》が好きだったので、いろんな魚を揃えて賑やかな食事になった。

風太君も海ちゃんも「ごはん」のことを「コメ」というのがおかしかった。アメリカでの食事は主食が多岐にわたり、食事のときは主食も素材でいうことが多かったからのようだった。

「このコメおいしい」

などと二歳の海ちゃんが言うと、感覚的にはやはり小さな異邦人だった。

大きなテーブル

わたしの家は東京の三つの区がそれぞれ百メートルから三百メートルぐらいの距離で複雑に区境を接しているような、これが国だったら、たとえば先年わたしが旅したインドシナ半島の、タイとミャンマーとラオスの国境が角突き合わせ、アヘンの密売で常に命まで脅かされるような紛争が絶えない「魔の三角地帯」を彷彿《ほうふつ》とさせる複雑な区画をなしているのだが、東京の区境では麻薬の取引などはされていないので、その点はだいぶ緊迫感が違う。

せいぜいが場所によっては道路が区と区の境になっているので、道路の右側と左側では各種分別されたゴミの収集日が違っていて、隣の区の住民がズルして道路を渡って捨てていくのが発見され、捨てた、捨てないの「ゴミ紛争」などがおきる程度だった。

しかし公立の機関などは、家からたった五百メートルほどのところに役所の出先機関があっても区が違えばまるで意味はなく、わざわざクルマで三十分も先の役所に行かないと受理されないようなケースが現実に沢山あった。

迷惑なのは区議会議員選挙のときで、それぞれの区の候補者の宣伝広報車がこの三つの区の辺境部分にまでやってくるときだ。

しかし隣接した区の候補者がいかに「いいこと」を力説してもそれはとりあえず隣の区に住む人達には何の効力もないのである。かれらはそういうことをわかってやっているのか。あるいはただただ一所懸命であることを示すためなのだろうか、その無意味にうるさい非効率行動の真意はつかめず、もしかしたら単なるバカではないかと思うほどだった。

こういう入り組んだエリアではなかなか幼稚園なども公立の適当なところは見つからない。一時は自由に入れるアメリカンスクール、とかいじゅうたちの両親は考えたらしいが、それだと送り迎えはクルマでないと無理で毎日大ごとになりそうだった。

しかし、こういうものは落ちついてさがすものである。やがて人づてに知ったのは思いがけないほど近くの歩いていけるところに私立運営の幼稚園があり、両親が相談しにいくと、五歳児のクラスに丁度欠員が一人出た、という話だった。そこだそこだ！

わたしはその幼稚園を見てもいないのにそう叫んだ。じいちゃんのカンだ。幼い子供の送り迎えは晴れのときばかりではない。ドシャぶりの時だってあるだろう。同じ色の傘をさしておかあさんと一緒に「アメアメふれふれ」などと歌いながら歩いて行ける程度の距離の利便さがなによりなのだ。

週末の「大家族食事」はわたしの楽しみのひとつになった。かつて武蔵野《むさしの》に住んでいたとき使っていた、八人以上座れる大きな立派な木のテーブルを新しい家にもそのまま持ってきたのだが、越してきてからは、なにしろ夫婦二人なので、テーブルの一角に寄り添うようにして使うぐらいだった。

しかし週末に一挙四人増の食事ということになったので、妻はこの頃はセッセと都心の家具屋などに行って座席の高さを成長とともに調節でき、転落防止の安全ベルトなどがついた子供用の木の椅子などを買ってくる。それから子供用の食器をひととおりだ。

わたしはあまり自分のやることを思いつかなかったが、天井のあちこちに組み込まれたダウンライトの角度を変えて大テーブルにまんべんなく光がいくようにしたり、あまり気にしていなかったドアのストッパーなどがちゃんと機能しているか、などということも点検した。いままでは思いつかなかったが、老若男女大小全員がテーブルについたところを想像すると結構やるべきことがたくさん出てくるのである。

家族が全員で食事している時間、というのはそんなに長くは続かないのだ、ということに気がついたのは大人になってからだった。二十数年前にわが親族の総まとめ役だった重鎮が死に、久しぶりに親族の殆《ほとん》どが集まったときに、大叔父の一人が、わが一族もいよいよ寂しくなりました、などと会葬者への挨拶をしているときだった。

そういえば、自分がそれまで一番大ぜいの家族と一緒に食事していたのはいつの頃だったか、ということをそのとき懸命に思いだしていた。

モノゴコロついてからの記憶だから、それは生家である世田谷の家から千葉に越した頃のことだった。小学校一年にあがる少し前の年齢だから、今の風太君ぐらいの頃だ。当時はまだ父は生きていたし、異母兄弟を含めてわたしには五人の兄弟がいた。母がいて居候をしていた母の弟がいた。ぼくの叔父さんである。それだけで九人の大家族だった。

五百坪の土地があった世田谷の家に比べて千葉の家は五分の一ぐらいの規模で、子供心にも「おちぶれていく」ということをその広さから感じたものだ。

公認会計士をしていた父は連帯保証人のこじれた問題にからめとられて、それまでの明治男の厳格な風貌に、子供でもわかるほどの深い疲弊の色を見せていた。

けれどその当時も日曜日ともなると家族揃《そろ》っての食事となった。世田谷の家にあったものと比べると安物の既製品になってしまっていたけれど、ふたつつなげたテーブルはとりあえず面積だけは大きかった。

しかし椅子は同じものが揃わず、ちゃんと背もたれのある椅子は父や叔父などが座り、わたしのすぐ上の兄などは、踏み台を椅子がわりにしていた。その踏み台は上のほうに丸い穴があいていて、ゴミ箱兼用になっていた。姉はミシンの椅子を使っているので、テーブルを囲む人々の頭は年齢や体の大きさに関係なくおもしろマンガのようにデコボコしていた。

もう少しなんとかしよう、というので、ある休みの日に兄たちと叔父が長椅子を作ったことがある。もとより誰も大工の心得などないからその長椅子はプロが作る椅子のようにきちんとホゾで組んだり、補強のすじかいなどまったく無視した、単に長い板に何本かの脚をクギで打ちつけたものだった。

わたしはその正面にいたので、いまでも「不思議な光景」として、そのときのありさまを克明に覚えているのだが、わたしの前にその出来立ての長椅子に座った三人が、食事の途中にゆっくり静かに同じ角度で斜めに沈んでいくのが見えた。

シロウトが作った椅子は三人の重さに耐えられず、食事がはじまってしばらくすると三人を座らせたまま斜め横にゆっくり崩壊していったのである。わたしは最初、何がおきているのかわからなかった。兄たちが三人揃ってゆっくり斜めに地球にめりこんでいくように見えたからだ。

訳がわかってそのあと家族中で笑った。大笑いだった。貧しいけれど楽しい風景というのはああいうものを言うのだろうな、と今になると思う。

戦後間もない頃で、食卓はいつも貧しかった。それでもごはんだけは大きなおひつにたっぷり入っていて、それは父親がその土地に越してきて、米問屋の会計の仕事をしていたのだが、米問屋も経営が苦しく、報酬は「米」だったからだ。当時の日本は米に麦を混ぜたり、うんと貧しいときは麦のかわりにうどんを混入させたなんだかわけのわからないものを食べていた記憶があるから、おかずが貧しくても白い米の食事ができるのは、それだけでずいぶん贅沢《ぜいたく》な話だった。

東京湾の沿岸漁業がさかんな土地だったから小魚や海苔《のり》、アサリなどの貝類が安く手に入った。おいしく炊けた白米にアサリの味噌汁《みそしる》。コウナゴの佃煮《つくだに》、タクアン、青海苔の粉末状のものにかつおぶしを加えた醬油《しょうゆ》まぶし、などという簡単なものばかり並んだ食卓の日が多かったが、その頃の大勢で食べた食卓が、わたしには人生のなかで一番おいしかったような気がする。おそらくそれには家族の全員が顔を合わせていた、という理由も大きかったようなのだ。

わたしが小学校六年のときに父が死に、その翌年に姉が結婚して家を出ていった。長らく居候をしていた叔父も九州のほうにやっと仕事が見つかって家を出ていき、食卓はいきなり寂しくなった。

そうしてさらにすぐ上の兄が出ていき、入れ代わるように結婚した長兄のお嫁さんがやってきた。そんなふうに父が死んでからの食卓を囲む顔ぶれは絶対数が減り、やがてふたつつなげていたテーブルもひとつで足りるようになっていった。

十九歳になったときに、今度はわたしがその家を出ていった。それから二度とその家で大勢で食卓を囲むことはなかったから、わたしの人生のなかで最大の家族の数、九人で大きな食卓を囲んでいた時代は記憶としては四年から五年ぐらいしかなかったわけだ。だいぶ経《た》ってわたしも結婚し、武蔵野に住むようになる。妻方の母が同居していたので二人の子供が生まれると、わたしの家族は五人になった。つつましい生活のなかでわたしたちは子育てをした。その過程で義母は死に、長女は大学へ進み、卒業するとアメリカに渡った。その二年後に長男もアメリカの大学に行ったので、結局わたしと妻で一緒に作ったその家族も、全員で食事していた日々は十五年もなかったようだ。

武蔵野にいたときは家族に替わるようにわたしのアウトドア仲間がしょっちゅう集まってきて、我が家で宴会を何度もやっていたので、とても腕のたつ出入りの家具職人に八人以上が楽に席につけるようなむく板の頑丈な大テーブルを作ってもらった。

そうしてさあアメリカにいた息子夫婦の新家族が帰ってきたことによってその大テーブルに、再びチビたちを含めて六人の顔ぶれで座れることになったのだ。いきなりできた新しい家族の食卓だから料理を何にするかなかなか難しい。最初の日、妻は武蔵野時代によくやっていた「お好み手巻き寿司《ずし》」をしつらえた。

酢めしにいろんな種類の刺身類、煮野菜、おしんこなどを自分の好みで海苔で巻いて食べる。小さい子はなんでも自分でやりたがるからこれは好評だった。しかし幼児のやることだから、あちこちにごはん粒はとぶ、海苔は空中をとぶ、あれがほしいこれはいやだ、ということになって、アイデアはよかったが、食べかたの慣れ、というのははっきりあらわれるもので、大テーブルの上は大混乱になった。でも、夫婦二人でひとつのコーナーで食べているよりは豪快な風景で、しっちゃかめっちゃかながらの「しあわせ」みたいなものはこういう状態を言うのだろうな、とこれまでの「家族の食卓」を思いだしながらわたしは床のごはん粒をひろったりこぼれたお醬油を拭いたりしながらそう思っていた。

わたしたち夫婦が二人の幼い子供を育てていたときが、ちょうどこんなふうだったな、ということも強烈にフラッシュバックした。

いま、その席で二人の幼児の父親になっている息子が、かれの今の子供と同じくらいの年齢だったとき、食事の時間はかならず「せんそう」だった。幼い子が参加できる面白い話が続くときもあれば、何かのとりあいで姉弟の「せんそう」が勃発することもある。

にぎやかな食事が終わると、食器を片付け、かならずテーブルや椅子の下に散乱している食べ物の破片を集め、学校の教室掃除みたいに床を全部掃き雑巾がけするのが日課だった。

そういうことが大きなテーブルの上と下で再現した。そうしてこの「お好み手巻き寿司」などをやると食器のあと片付けや、残ったもので保管すべきものの区別などいろんな片付け仕事がある。最初に行われるのは、洋服のあっちこっち、場合によっては足裏までごはんがくっついた「ごはんかいじゅう」のようになった二人の幼児の服装掃除。それが終わると慌ただしい片付け仕事だ。若夫婦と妻にその仕事に専念してもらうため、わたしは幼い二人に本など読んでやる係になった。

絵本を読んであげるのは自分が子育てしていた頃から好きだったので、かれらが持ってきた本をかたっぱしから読んでやる。

五歳の風太君は、いろんな外国の風物や習慣について基本的に興味があるようで、絵本の話の途中で、よく質問してきた。

絵本によっては、わたしがこれまで行ったことのある国を舞台にしているものがときおりあったから質問によっては「ここはむかしじいじいが行ったことがあるんだよ」と言って、絵本からさらに飛躍した話をすることもあった。たとえば『スーホの白い馬』などは、それをもとにモンゴルの草原に二カ月滞在して映画を作ったことがあるので、モンゴルという国の長い長い時間をかけて暮れていく夕方がどんな風景で、そこにどんな風が吹いているのか、などということを話すことができた。

そのうちにかれらは新しい絵本を持ってくるたびに「じいじいはここに行ったトコある?」などとよく聞くようになった。

まだ舌がうまく回らず「行ったコト」とはいえず「行ったトコ」というのが面白かった。わたしは自分が子育てをしているときに『もりのなか』が好きでよく読んでやった。マリー・ホール・エッツの絵本は、子供には子供なりに、大人には大人なりに感銘や感慨をあたえるすばらしく奥行きのある優れた本だ。まだわたしの本箱に当時のものがあった。わたし自身が子育てをしていたときにわたしの子供たちに読みきかせていたボロボロのそれを持ってきて、孫たちに読んでやった。

そのときも「じいじいはここに行ったトコある?」と風太君に聞かれた。しばらく迷ったのち「行ったことがあるよ」とこたえた。それはかれらの父親やその姉(わたしの子供たち)が幼い頃に何度も読んでやっていたから、三十数年前に君たちのおとうさんと何度も行ったことがあるよ、という意味だった。

風太君にはその意味はとてもわからないから「どこの国なの?」という次の質問には少し困った。

遠い昔の記憶の国。

なんていうキザな説明をするほどの余裕はない。「日本でもアメリカでもない不思議の国かもしれないね」

「そうだね。ゾウがいる森なんて普通はないよね」

風太君の口癖でもある肯定するときに最初に言う「そうだね」という言葉はわたしの耳にいつもとてもここちよかった。

片付けが済むと、わたしの妻がチビさんたちの前で、

「デーがつくもの食べるひとー?」

という。

「はーい」と二人は待っていましたとばかり盛大に手をあげる。デザートの好みはこん

なにちいさくても男の子と女の子では微妙に違っていた。

海ちゃんはとてもセンシティブなところがあって、その日のたいていおいしそうなデザートを見て、急に「いらない」などといいだすときがあった。これまでおいしそうに食べていたものでもそういうことがあった。最初の頃は意味のないわがままに思えたが、つきあいが長くなると彼女には彼女なりの、その日の「食べたくない理由」があるので、無理にはすすめないようになっていた。お兄ちゃんがデザートを食べているあいだ海ちゃんはおとなしく自分が持ってきた絵本などを見ていた。デザートを食べ終わると歯磨きになり、それは自分でやることになっている。かれらは五分ほどいいかげんな角度でがしゃがしゃやり、仕上げをおかあさんにやってもらう。

それから、我が家に持ってきたいろんなもの（本とか人形とかノートとかそのほかわけのわからないもの）を全部それぞれの袋にいれて、自分たちの家に帰っていく。

「バイバイ」

「また明日ね」

「バイバイ」

長い時間わたしの家にはなかった言葉が玄関先で繰り返され、かれらはもう暗くなった道を一列になって帰っていく。

わたしと妻は門までかれらを送り、一様に「やれやれ」と言いながら、それぞれの感想を述べる。互いに知らないところでおきた面白い出来事、笑える会話などの「その日の情報交換」であった。

二、三カ月はまたたく間にすぎていった。妊婦のお腹《なか》は確実に大きくなってきていて、出産の予定時期は二月という話だった。風太君が通っている幼稚園がどんなところなのかためしに行ってみると、わたしの足でゆっくり歩いて七分というところで、住宅街の真ん中にあった。都内だが、表通りから少し奥に入るとちょっとした公園があったり、沢山の花を庭に植えている家があったり、長いこと放置されている草だらけの空き地などがあり、こんな展開（孫が近所の幼稚園に行く）がないかぎり歩かないようなところを、住んで十年経ってはじめて知る、というのも面白かった。

わたしの普段の生活は基本的にはあまり変わらなかったが、週末のスケジュールが気になった。小さな子供たちと大テーブルを囲んで食事をするのは週末、というふうにだいたい決まってきたから、いままではどこかへ取材仕事で出るのに平日も週末も関係なかったのだが、それが急に問題になってきたのだ。できれば普通のサラリーマンのように週末は休みにしておきたかったが、まさか孫たちとの食事のために、などと「甘い」

ことは、仕事がらみの相手には言えなかった。

かれらの父親（わたしの息子）は面接をうけて「茶巾寿司」をつくる仕事をはじめた。わたしからみると思いもよらぬ仕事だったが、聞いてみると、彼は楽しい職場だ、と言った。時々自分で作って失敗した茶巾寿司を持って帰ってきた。試験採用だったが、かれ自身も本格的に将来そういう仕事へいくことに方針を定めているわけではないようだった。

週末はどこかの代理店と契約して、外国からきた観光客の案内などのアルバイトをしているようで、その話を聞くとわたしは可笑《おか》しかった。おそらくかれ本人が皇居も東京タワーもよく知らないままに、外国からの観光客をそんなところへ案内しているだろうからだ。

なにはともあれ、今は自立し、自活していくために毎日懸命に生きている様子が見てとれて、わたしは当面そういう「移民」したてのような新米親父《おやじ》の動向を黙って見ているることにしていた。

△のオバケ

風太君とはかれがサンフランシスコにいる頃から電話でよく話をしていた。当時はまだ四歳だったから語彙にとぼしく、ましてや電話では顔をあわせて動作やしぐさで会話の起伏補助をつけることもできなかったから、風太君の知っているわずかな固有名詞と動詞の反復組み合わせで「会話」らしきものを成立させていることが多かった。

電話では大人が先導しなければならないから、最初の会話の糸口はたいてい「今日は何をしたの？」というこちらからの質問になる。風太君はたどたどしい日本語でその質問に答える。

その頃かれはサンフランシスコのアパートから歩いていけるかなり自由の気風にみちた幼稚園に通っていた。ヒスパニックの多い地域だったので、英語とスペイン語がとびかう元気のいい幼稚園だったらしく、友達も沢山いた。

だから当時の電話の会話は「今日、幼稚園で誰と何をしたの？　どんな話をしたの?」というこちらからの質問ではじまることが多かった。幼稚園には母親か父親のどちらかと一緒に通っていたが、天気のいい日は妹の海ちゃんも一緒について行くことがあった。

そしてその頃必ずかれの口から出てくるのは「バンミ」という怪しい怪物の話だった。その幼稚園へ通う道にはふたつの公園があった。アメリカの郊外都市にはもともとこぢんまりとした公園が多いのだが、こぢんまりとしてはいても当然いろんな樹《き》が繁《しげ》っている。

風太君は草や樹に早くから興味があって、それらの樹々を眺めていくようなのだが、あるときから、そういう樹木の下に「バンミ」という怪物がいる、という話をするようになった。

もちろん「バンミ」は風太君にしか見えない怪物なのだが、それほど攻撃的かつ恐怖的な怪物でもないようで、カリフォルニアの明るい陽光の下、大小の樹木の陰にいる「バンミ」は、これといって何をすることもなく、風太君とその両親のどちらかが通過するのを見ているだけの存在のようであった。

風太君と電話で話をするのは時差の関係でたいていい昼過ぎだった。先方は夕食後という時間だ。

わたしはふたりの共通の話題になった「バンミ」のことについて聞くのがキマリのようになっていった。

たとえば「風太君、今日はバンミはいたの？」というような具合だ。

「バンミいたよ」

風太君は独特のイントネーションで真剣に話をする。バンミは大きいときもあるけれど小さいときもあって、でも形はいつもトライアングルだといった。

「足や顔はあるの？」

と聞くと、その日によって答えはまちまちだった。バンミは風太君にとってはやはり怖い奴《やつ》には違いないから、「いる」と認識してしまうと怖いので、ちゃんと見ていないというところなのだろう。

幼稚園に行く途中にある公園のひとつは「水公園」といった。正確には別の名前があるのだろうけれど、話の内容をつなげて想像していくと、簡単な噴水があって間欠的に大きさの違う水を噴き上げているようであった。後にその公園を実際に見たが樹木の少ない公園なので、そこにはバンミは潜んでいないようだった。

通っている幼稚園は「ブエナヴィスタ」といった。そこの話では先生や友達の名前がよく出てきた。先生は女性でみんな優しく、レイナ先生とグロリア先生がいる、ということをわたしは知った。仲のいい友達はアレクシイ君とルイジアナちゃん。そして黒人のステファニー。話に詰まったとき、たとえばわたしは「今日ブエナヴィスタでアレクシイとどんなことをしたの?」と具体的に聞くことがあった。

語彙が少ないから断片的な話だが、だいたいどんなことをして遊んだかわかった。その日起きたことだから、話の背後が生き生きとしていて、わたしにはその日のかれの町の空の色まで見えるような気がした。

日本にやってくると、風太君はもうバンミの話はしなくなった。けれど植物には相変わらず興味があるようで、日本の街ではアメリカにあったような公園はぐっと少なくなってしまうのだけれど、わたしの家は妻がむかしから植物好きなので各部屋に鉢植えのかなり大きな木がいろいろあったし、ベランダや屋上にもいろんな植物がある。だから風太君とわたしの妻との会話は、そういう植物の話が中心になった。

子供の柔軟な脳というのをつくづく羨ましいと思ったのは、風太君はそういう会話で教えられた植物の名前をたちどころに覚えてしまうことだった。

一度聞くともうそれできっちり覚えてしまう。誰にでもそういう時期はあるのだろうけれど、わたしなぞは二分前に聞いたなにかの固有名詞をもうまったく思いだせない、という脳の劣化一途の過程にいるわけだから、まるで魔法を見ているような気持ちにもなる。

屋上にある小さな花壇で「ヘクソカズラ」の名を聞いたときの風太君のおもしろがりかたは見ていて楽しかった。「へ」と「くそ」の意味をようやくわかってきた頃のことで、そういう名前がふたつもついている草なんてかわいそうだねえ、と風太君はつくづく感心した顔で言った。

風太君のいいところは、驚いたり感心したりするときに全身でその感情をあらわすところで、これは子供でなければできない反応だった。二階と三階の部屋のなかにある「ねむの木」にも風太君は純粋に反応していた。

「へえ！　葉っぱが寝ちゃうの？」

風太君はそういって本当に目をまんまるくした。

「そうよ。木だって人間みたいに生きていていろいろ考えているからよ」

妻はそう言った。

「そうだね。サンコンカン（サンフランシスコとまだ言えない）にいたときもおとうさんが言っていた。サンコンカンは大きな木が多かったから大人の木だね」

そうではないよ。木は大きいから大人で小さいから子供ということはなくて、大きくても子供の木、小さくても大人の木があるんだよ。

わたしはそのときそういうことを言おうかと思ったのだが、混乱するといけないから今は黙っていることにした。

そのかわりバンミのことを聞いた。

「風太君。このおうちにもバンミはいるの？」

日本に来てあまりバンミのことを言わなくなった風太君は、子供ながら少し遠いことを思いだすような顔つきをした。

「そうだね。ここのおうちにはバンミはいないね」

ちょっと大人びた言い方で答えた。


妹の海ちゃんは小柄できゃしゃな体つきをしていた。けれどいたって元気で、日本にやってきた頃、殆《ほとん》ど一日中飛び跳ねているかんじだった。目鼻だちがくっきりした子で、女の子特有のことだが、年齢のわりにはませていていろんな言葉を喋《しゃべ》った。

一番だいじにしているのはキキちゃんというなんとも不思議な人形で、全体が薄い色布のパッチワークになっており、このての人形によくあるようなくっきりしたマンガのような目鼻はなく、全体にくすんでいていささかみすぼらしく、頭の真ん中へんに毛糸が一本飛び出ている。

それは髪の毛で、もとはもっといっぱい生えていたらしいが、どんどん抜けて今は一本だけになってしまったのだという。小さな女の子の例にもれず、キキちゃんは海ちゃんの赤ちゃんだった。自分が母親からそうしてもらっていたように、ときどきキキちゃんを抱いておっぱいをやっている。でもなにかほかの遊びに熱中しているときには、キキちゃんはたちまちそこらにほうり投げられ、一本だけ生えている頭を下に部屋の隅でサカサになっていたりした。

早いうちに書いておくが、この海ちゃんが成長してくるにつれてどんどん存在感が大きくなり、やがてかいじゅうたちのリーダーシップをほぼ完璧に握っていくことになるのだが、この段階ではときおりその片鱗《へんりん》が見えるくらいだった。

まだ生まれていない三匹目のかいじゅうは日ごとに母親のお腹《なか》をどんどん大きくしていく状態で、世間への登場の準備を着々とはかっているところだった。

病院は新宿の大きなところに決まり、大人たちはそれなりに安心した。その頃から地方によっては妊婦を受け入れる病院が少なくなってきている、と新聞などによく出ていたからだ。

かれらの住んでいるマンションから風太君の通う幼稚園へいく途中にわたしの家があ

ったので、時間に余裕のあるときは、わたしの家に寄って幼児なりの「行ってきます」の挨拶らしきものをしていった。最初の頃はそれなりに緊張している様子がよくわかり、風太君もこうしていよいよ日本の社会生活に突入だな、とわたしはわたしなりに気持ちをひきしめて、小さな子の背中を見送った。

少し慣れてくると、時間に余裕のあるわたしやわたしの妻が、母親のかわりに風太君を幼稚園に連れていくことが一週間に一、二度ぐらいの割合であった。

家からは子供の足で十分はかかる。わりあいきちんとした四角い区画で作られた住宅地の中の道に入っていくので、幼稚園までのルートはいろいろあり、どの家もその造りや庭の造作も違うし、空き地もいくつかあったので、そういう家の生け垣に生えている草や木に相変わらず風太君は興味を持って、いろんな花や木の名前をわたしにおしえてくれた。

「じいじい。これはネズミモチっていうんだよ。ネズミのモチになるのかなあ。でもヘクソカズラよりいいよねえ」

そんなふうにおしえてくれる。

アブチロンという草をおしえてくれたときはびっくりした。みんなわたしの知らないものばかりだった。

それらは妻から聞いたのだろうと思ったが、アブチロンは妻も知らなかったらしく、風太君と妻が「これはなんていう花なんだろうねえ」などと言っていたら、その家の人がおしえてくれたらしい。なんだかクスリの名前のようでわたしにも覚えられそうな気がした。

風太君が通うようになった幼稚園は近所の神社が運営しているもので、この町にわたしが越してきたとき落成式などでお世話になった神主さんがそこの園長でもあるから、わたしとも顔見知りだった。

朝は白いスニーカーを履いて入り口のところに立ち、登園してくる園児や親たちに丁寧に朝の挨拶をしているのだった。

そのキマジメさは、そろそろ寒くなってきた朝の空気のなかで、優しい緊張感に満ちてなかなか心地のいいものであった。風太君はグーパンチをつくり、園長さんもグーパンチをつくり、互いにそれを軽く突き合わせる、という独特の挨拶をしていた。

みんなもそうしているのだろうかと注意して見ていたが、とくにそういう訳でもなく、風太君流の朝の挨拶に園長先生が気さくに応えている、というコトのようであった。

玄関で靴をぬぎ、下駄箱《げたばこ》の自分のところに入れてある上履きに履き替えると「バイバイ」と互いに言って、それで朝の登園つきそいのわたしの仕事はおわりになる。

キヲツケをしている園長先生に「よろしくお願いします」と挨拶すると「おあずかりします」という言葉がかえってくる。そのあいだにも次々に園児の保護者がやってくる。そういう若いお母さんとも朝の挨拶をする。

自転車の前と後ろに子供を乗せて朝から元気よくやってくるお母さんが多く、逞《たくま》しいかぎりだった。

わたしのように祖父や祖母がつきそってくる家もあるようだったが、それはごく少数のようだった。

わたしは自宅に帰るまでの道を、今度は自分で選んで帰る。ひっきりなしにやってくる自転車のお母さんと出会うとき、挨拶のタイミングが難しかった。互いに園児を連れて登園してくるときは、制服で同じ園の保護者だということがわかるが、帰りはわたしにはわかるけれど、先方にはわからなかったり、もう何度か顔を合わせて知っている人がいる一方、幼稚園とはまったく関係ない人もいたりで、だれかれ構わず挨拶していくわけにもいかず、そのタイミングが難しかった。

だから帰りはなるべく登園してくる親子と会わないような道を選ぶ、という方法を考えたが、とにかくあらゆる道からやってくるので、それも賭けのようで難しかった。コソコソする必要もないので、むこうが同じ園の保護者であろうとなかろうとわたしは先に頭をさげて挨拶するようにした。

子供を預けた若いお母さんはそれぞれ仕事があるようで来たときと同じようにスピーディに元気よく突っ走っていく。園児の年齢から見て三十代の父母が多いようだが、みんな活気に満ちていて、素晴らしい風景のように思えた。

この母親たちは独身時代や夫婦だけの気楽な時代を経て、いまは毎日の子育てに必死らしく、ほとんど化粧っ気なしのお母さんも多い。けれどそれが朝陽《あさひ》に輝いて、本人らにはわからないだろうがたぶんその人の人生で一番元気で美しい時代なのだろうなと思った。

風太君と来たときと同じ道を帰るとき、少し前に風太君におしえてもらった花や木の名前を思いだそうとするのだが、ついいましがた聞いたばかりだった、クスリのような花の名前はもうまったく忘却の彼方《かなた》だった。そういうときどんどん発達していく幼児の吸収知能の突進力と、どんどん後退していくじいちゃんとのでっかい「差」があからさまで、わたしは一人で笑ってしまうのだった。

自宅に戻ると、あとは原稿仕事にむかうのがいちばんおさまりのいい時間の流れで、朝食のときに妻に入れてもらった、もう冷たくなってしまった残りのお茶を飲み、その冷たさで少し思考力を鋭敏にしようと試みる。

その試みが成功したのかそうでないのかわからないが、その日にやるべき原稿にとにかくすぐに入っていくのが、このところの習慣だった。

住宅街なのでそんな時間からもう、

「ご家庭内でご不用になりましたテレビ、冷蔵庫、洗濯機、パソコン、タイヤのアルミホイールなどなんでも引き取ります。壊れていても使えなくてもかまいません」

とゆっくり走っているにしてはいささか大きな音でありすぎるんではないかい、と思うような例の廃品回収業者の小型トラックがやってくる。そいつは三分としないうちに同じ道をやってくる。最初の頃はヘンだなあ、と思っていた。そんなにひっきりなしにいらないテレビや冷蔵庫が出るわけはないからだ。そのうちに、テープで言っている声と内容は同じでも、全然別々の業者なのだ、ということがわかってきてちょっとだけ納得した。あれはどこかに元締めのようなところがあって、同じテープを買うか借りるかしているのだろう。しかし日によっては午前中だけで十業者ぐらいが回ってくる。

よその国はどうなっているのか知らないが、こんなふうにテレビや冷蔵庫を簡単に放出してしまう、しかも日常的にそんなことをしている国はたぶん日本ぐらいだろうと思った。風太君たち一家の話を聞いて意外に思ったのはアメリカ人の生活感覚で、消費大国と思っていたアメリカの人達はあんがい合理的、かつ倹約的で、モデルチェンジしたから使わなくなったといってテレビや冷蔵庫などすぐに有料で（渡すほうがお金を払って）そういう業者に引き渡してしまう、というようなことはまずしないようだ。

壊れたら使えるように直す、モデルチェンジしたら、古いものでもそれを欲しがっている知人にあげる、というのが基本姿勢で、世界で一番裕福な国と言われているものの、市民の生活意識はコンサバティブで、モノの価値についてもう少し執着的であるようだった。

子供の服などについても、風太君たちが住んでいたサンフランシスコの郊外の町では日曜日などにフリーマーケットがたち、そこに子供が大きくなって着られなくなった幼児の服などを持ち寄り、十着で五ドルなんていう廉価で親同士が売り買いしていた。子供服の場合、服そのものはまだいくらでも着られるのに人間のサイズが変わってすぐに着られなくなってしまうから、賢い大人たちの賢い仕組みなんだな、と感心して見ていたことがある。

風太君は、この頻繁にやってくる「不用品回収業者のクルマ」についてすぐに疑問を持った。

「あれは何を売っているの？」

五歳の子には物売りのクルマと思えたのだろう。わたしはどんなことでも、小さな子の質問には本人が理解できないだろうなと思っても、本当のことを教えることにしていた。

「あのトラックの人に町の人がテレビなどを売っているの？」

風太君は聞いた。

「いや、売るのではなくて、お金をだしてもっていってもらうんだよ」

「壊れてしまったから？」

「壊れてなくてもお金をだして持っていってもらう人がいるんだよ」

「ふーん」

風太君にはそれから先はわからなくなり、興味も無くしたようであった。そうではあっても、このシステムはほんの二十年ぐらい前には絶対考えられないことであった。

昼間、ずっと原稿仕事をしていると、このひっきりなしの、いろんな回収業者のスピーカーの大きすぎる音に神経が疲れてくることがある。毎日聞いているからセリフも覚えてしまっている。

「世の中どうなるかわからないから、もうあと二十年ぐらいもするとさ、もっといろんなものを回収にくる業者が出てくるのではないかと思うんだ」

あるとき妻と午後の一休みのお茶を飲んでいるときにわたしは言った。

「たとえば？」

「たとえばさ。これからますます高齢化社会だろう。だから『ご家庭内でご不用になったおじいさんおばあさん引き取ります。壊れていても使えなくてもかまいません』なんていうやつだよ」

「かなりブラックね。回収したおじいさんやおばあさんはどうなるの？」

「それを昨日から考えているところさ。現代のうばすて山。そういう業者が現れたら重宝する家もあると思うけれど、回収されたおじいさんおばあさんのそのあとがどうなるのか。テレビや冷蔵庫などの家電製品はレアメタルなどの貴重品が取り出せるからビジネスになっているけれど、いらなくなったおじいさんやおばあさんだとそれがどんな回収価値を生むか、なかなかむずかしい。今頼まれている小説雑誌の短編ＳＦにそんなブラックな未来町内話を書けるかな、と考えているんだけど……」

「そんなのを書いたらきっとふざけすぎてるって批判されるわよ」

妻はあまり興味がないようだった。

「でも、世の中これから先どうなるかわからないからね。そんな時代になったらお互いに不用品として出されないように用心しような」

ピョンキューター

新年になった。かれら一家が帰国してからはじめて迎えるお正月だ。

それまでのわたしの家の新年というと夫婦二人だけなので、知り合いの料理屋さんに毎年頼んでいるおせちの詰め合わせ重を大晦日《おおみそか》に配達してもらい、それを大きなテーブルの、まあ新年ぐらいだからと真ん中に置いて、向かい合わせに座ってちょっとだけ神妙に「親しき仲にも礼儀あり」的挨拶を一瞬かわす。

むかしは元旦には、わたしも日本の男として「日本酒」を飲んだりしたが、もともと日本酒はそんなに好きではなかったので、数年前から、そのような儀式めいたことをわざわざやるのもやめてしまい、お雑煮をさっさと食べて、おせち料理の入った重箱のところどころをつつく、というようなものになった。

けれどその年は、いままでのそういう簡易化されたものではまずいのではないかと、我々じいちゃんばあちゃんの意見は一致し、まだ本当の日本のお正月料理を見たことのない風太君や海ちゃんのために、正式なおせち料理を用意し、新年用の花なども飾り、若い一家を迎えることにしたのだった。

風太君も海ちゃんもお正月らしくいくらか改まった服装をし、両親もそれなりに新年らしい装いをしていた。

おせち料理にまっさきに目が行ったのは風太君で、どれもはじめて見るものだから、ひとつひとつわたしの妻に質問していた。妻はそういう質問を待っていたようで、丁寧に説明する。発展一途のこれほど若い脳というのは実際すごいもので、風太君は「へえ、これが本当はお芋なの?」とか「わあ小さい魚がいっぱいだ。海ちゃん。これはたづくりというんだって」などと妹にも説明していた。

しかし妹のほうはあまりそういうことには興味はないようで、もっぱら最初にとりついたお雑煮と全力でタタカっていた。

かれらの父親は、日本酒を前にして「そうだ。日本の正月はこんなふうに朝から日本酒を飲むんだっけね」などと珍しそうにしている。

アメリカの新年はいたって簡単なもので、実質的にはふだんの休日とかわらない一日だという。アメリカで最大の家族の祝い日は十一月の第四木曜日の「感謝祭」で、この日はどの家も七面鳥に詰め物をしたものを食べ、みんなで賑《にぎ》やかに祝い、酔いつぶれるという。それはちょうど盆と正月が一緒に来たような賑やかさであるという。

翌日の金曜日から街はどこも大売出しになって、そのとき買ったものがクリスマスのプレゼントとなり、クリスマスのクライマックスを迎えて、そのあとは街は腑抜《ふぬ》けのようになって沈静化するそうだ。

お雑煮とタタカっていた海ちゃんは次にキントンを食べ、伊達巻《だてま》きに少し箸をつけて「もういい」といった。

風太君はけっこう探究心旺盛で、すっぱいものから辛いものまで少しずつ手をつけそのたびに「フーン」などと言っていた。

そんなふうに元旦は夫婦二人のときよりもだいぶ長い一時間程度の朝ごはんになり、一休みしてから、みんなで近所にある神社に「初詣」にいくことになった。

その神社は風太君のかよっている幼稚園を運営している神社でもあったから、新年の挨拶としてちゃんと家族みんなで行こう、ということになったのだ。

神社はわが家から歩いて十五分ぐらいの距離で、新年は殆《ほとん》どクルマなど通らない。それにいつもより暖かい陽気だったから、朝の散歩がてらの初詣にはちょうどよかった。

海ちゃんは神社の境内にある「おみくじ」と「破魔矢」に最初から興味を持ち、どうしてもあれを買うのだ、とさわいでいた。それも三つずつとか四つずつなどと言っている。

「そんなにいっぱい買うものじゃないのよ」

かれらの母親はしゃがんで海ちゃんの背丈になって説明し、それぞれひとつずつ買った。

ちょっとした行列のうしろについて拝殿にむかい、二人の子供に「おがみかた」を教えた。それから境内のすみに行って「おみくじ」をひろげると「大吉」だった。二月にかれらの母親は三人目の出産を控えていたからこの「大吉」はみんなにとって嬉《うれ》しいものだった。


その三人目の出産は家でのいきなりの破水からはじまった。二月の寒い夜だった。幸い夫もいて、わたしたち義父母も自宅にいたから、すみやかにタクシーを呼んでかれらはさして慌てずに病院に行き、わたしたちはそれを見送ることができた。

かれらの父親は風太君と海ちゃんに自分たちの次に生まれるあたらしい小さな命の誕生を体と感覚で実感させたいから、と言って兄妹二人を一緒に病院に連れていった。

かれはアメリカの病院で海ちゃんが生まれるときも風太君を病院に連れていったのだという。わたしたち祖父母は、ここは東京であり、病院もクルマで十分ほどのところであったから、基本的には安心していたけれど、出産ばかりはちゃんと生まれてみないと全面的な安堵《あんど》にはならない。

長男の風太君が生まれそうだというとき、わたしは四国の吉野川でキャンプをしていた。

わたしは、その頃やっていた「川ガキ学校」の引率先生の一人で、カレーライスの夕食がおわってみんなで川原の小さな花火大会をやっているときに自宅にいる妻からわたしの携帯電話にその知らせが入った。いま少し前にサンフランシスコからその連絡があったという話だった。

「元気のいい男の子だったそうよ。初孫ね。おめでとう」

妻はまるでヒトゴトのようにしてそんなふうに言った。

「母子とも無事で元気だって？」

「電話の声が落ちついていたからきっとそうでしょう」

妻からの電話はそれでそっけなく切れた。こういうとき、いつも妻はわざとそうしているかのように事務的な言葉でさっさとおわりにしてしまう。まあ大事なことはそれですべて伝わったのだからそれでいいといえばそのとおりなのだが、わたしはどうも何か物足りなさが残った。

もともと電話嫌いの妻は、もしかしたらあまりはしゃいだ声をだすのははずかしい、などと思っていたのかもしれなかった。

初めての孫が男の子、ということについて、わたしはキャンプ場の川原の花火のはじける音や子供らの大騒ぎの声から少し離れて、しばらく考えていた。それから、

「まっ、とにかくよかった」

そう思った。初孫の誕生の瞬間なんて、当事者一人でそれなりに気持ちの底に熱く迎え入れればそれでいいことだった。

日本で生まれた三人目も男の子だった。

いまは出産前に男女のいずれか調べればわかってしまうらしいがかれらの両親はあえてそれをしなかった。この出産によってかれらの子供、そしてわたしの孫は、男、女、男の三人、という組み合わせになったのだ。

いまは病院から数日で退院になってしまうというので、互いに旅をしているわたしも妻もその病院に新生児の顔を見にいく、ということはなかった。五日もすればかれらのマンションで顔を見ることができるのだ。

久しぶりに見る赤ちゃんは本当に赤い顔をして全身をふるわせながら大声で泣いてい

た。健康そうな大きな赤ちゃんだった。

かれらの母親はすこぶる健康で、風太君も海ちゃんも完全に母乳で育てていた。そしてとりあえずの試練は海ちゃんにかかっていた。新しい赤ちゃんのために海ちゃんは母親の乳房から離れなければならなかった。年齢から考えたらとうに乳ばなれしていてよかったのだが、そのへんの呼吸はわたしにはわからない。

風太君と海ちゃんが興奮して部屋のなかを飛び回っている。

「こら。ホコリがいっぱいでるから暴れるのはやめなさい」

わたしはかれらに注意する。するとチビたちはいったんは言うことを聞くが、五分ともたなかった。

「こら。きみたちの弟がホコリをいっぱい吸って病気になったらどうするんだ」

またそう言うと五分ぐらいはキキメがあるが、かれらにとってとにかくなんだか嬉しくってしかたがないあたらしい命の誕生だから、これは大人が諦めるしかなかった。

三人目の男の子の名前をつけてくれ、とかれらの父親から頼まれていた。

わたしは自分の机の上の原稿用紙に風太、海の名前を書き、しばらく考えていた。

兄と姉の名前になんらかのつながりのある名前がいい。風と海につながるものってなんだろう。

いろいろ考えているうちに「流れる」というイメージがつながった。風も海も流れていくよ。流れ流れてどこどこいくよ。

そうか。あれは川だったか。沖縄の歌だった。でも「流れる」の「流」を使いたい。沖縄の歌を思いだしたついでに「琉球」の「琉」を使ったらどうだろうか。

両親に言うと気にいってくれたようだ。

わたしは丸い顔の頭の上に短い毛を五本ぐらい生やした赤ちゃんの顔を描き、その上に「琉太《りゅうた》」と書いた。

かれの父親はその紙を赤ちゃんベッドの上に貼った。そうしてまだ若い三十代夫婦の親子五人の家族ができた。

赤ちゃんのいるファミリーはそれからしばらく赤ちゃんを中心に回転するようになった。わたしもわたしの妻も毎日赤ちゃんの顔を見にいった。そうして毎日のように「琉太は昨日よりも大きくなった」とジジババは双方で言い合った。

日本に帰ってきて半年あまりのあいだに、これはいい傾向と思えたのは、海ちゃんのデリケートな肌が次第に、日本の土壌、空気に順応してきたのか、だいぶ強くなってきたことだった。海ちゃんはサンフランシスコではゼロ歳の頃から体のあちこちに湿疹《しっしん》ができ、繊細な皮膚が痛々しく赤くなってそれをしきりに痒《かゆ》がった。アトピーに似た症状なので、かれらの両親もわたしたちジジババもそれがたいへん気になっていた。

けれど琉太くんが生まれる頃と前後してあまり湿疹ができなくなり、同時に痒いともめったに言わなくなった。海ちゃんにとってはサンフランシスコの土地や風よりも日本のそれが合っているのだろうか、と考えたが、実感としてはどう考えてもそれは逆ではないか、と思えた。東京の空気がサンフランシスコよりいいとはとても思えない。あるいは歳《とし》を重ねるにつれてどこの空の下にいようが、アレルギーへの耐性がついてきている、という事なのかもしれなかった。

それでもお兄ちゃんの風太君とともにしょっちゅう風邪だの目だの鼻だの耳だのの流《は》行《や》り病をもらい、母親はひっきりなしに近所の医者に子供らを連れて行くようになった。

だから夕方かれらのマンションに行くと、

「今日はどこの病院に行ったの？」

と聞くのが挨拶がわりみたいになった。

「海ちゃん、今日はどこへ行ったの？」

と、聞くと、

「びじか！」

と力強く答える。

耳鼻科なので、ほんらいは〝じびか〟だが、二歳の子供にはいかにも言いにくい。自信をもって、

「びじか！」

というのがおかしかった。

その頃かれらの父親はようやく中堅どころの広告代理店の試験に受かり、サラリーマンになっていた。家のなかの会話にコンピューターなどという言葉が入り込むようになり、海ちゃんはこれもまた力をこめて堂々と、

「ピョンキューター！」

と言うのがなかなかかっこよかった。

わたしが驚いたのは、風太君がすでにそのコンピューターでグーグルマップを見ていることだった。英語圏で育ったので文字入力などが分かりやすかったのだろうが、コンピューターをやらないわたしには魔法を見ているようだった。

風太君が興味をもっているのは世界の遺跡で、そのきっかけは父親から「万里の長城」の話を聞き、実際にグーグルマップでそれを見たことだった。

風太君の頭のなかでは日本よりはるかに大きな、アメリカのカリフォルニア州よりも

大きなひとつの国のまわりを城壁で囲んでしまう、という「巨大さ」が驚異だったのだろう。

わたしは『特大世界地図』といういつも仕事で使っている地図帳をひろげて、その城壁も辺境のほうにいくとホンの一メートル程度の高さしかないのがあって、中国の全部が家の高さの三倍ぐらいの大きさの壁で囲われているのではないんだよ、ということを教えてやった。

わたしはこれまで中国の辺境やシルクロードなどに何度か行っていて、砂漠の中に「無意味」としか思えない長い土壁のつらなりのある写真などいろいろ撮ってきており、わたしの写真集などに載せていたので、それを見せてやった。

「じいじいはこういう万里の長城も見ているの？」

風太君は質問した。

「そうだよ。じいじいはいろんなところに旅行に行っていたんだよ」

「フーン」

風太君はコンピューターを叩《たた》き、万里の長城と同じくらい興味があるらしいエジプトのピラミッドの写真をグーグルマップからひっぱりだし大きな画面にした。

「じゃあじいじいはここに行ったトコある？」

「ピラミッドはまだ行ったことはないんだよ。いつか一度行ってみたいと思っているんだけどね」

「ふーん。じゃあじいじいは北極へ行ったトコある?」

「北極には三回行ったよ。北極といってもこの地図にあるようなひとつの国ではなくていろんな国の一番北の外れになるところだからね。じいじいはそのなかのアメリカとカナダとロシアの北極に行ったよ」

「ふーん。どうだった?」

こういうとき「どうだった?」と聞くのが風太君の質問の癖になっていた。

どうだった、と言われても子供にわかるようにその世界をヒトコトで説明するのは難しいが、とおりいっぺんにまず、

「とても寒かった。こんなに厚い服やコートを着ていないと歩けないからね」

わたしはそう言って、両手で十五センチぐらいの幅を示した。

「ふーん」

「それから、そこに住んでいる人はアザラシの肉を生で食べるんだよ」

「エーッ生で食べるの? じいじいも食べた?」

「それが毎日のごはんだからね。じいじいも毎日食べたよ」

「ふーん。どうだった？」
「普通のステーキみたいな肉と較《くら》べると脂が強くて硬いけれど、ゆっくり噛《か》んでいると
だんだんおいしくなるんだよ」
「それからじいじいはどこへ行ったトコある？」
「そうだなあ。いろんなところに行ったからなあ」
「オーストラリアは行ったトコある？」
「あるよ。そこも何回も行ったなあ」
「エアーズロックがあるけど登ったトコある？」
　五歳の子がエアーズロックを知っているのにわたしは驚いたが、そこがどんな風景に
なっていて、どのくらいハエが多くて、全体に赤くてヘンテコな場所であるかの話をし
てやった。
「ふーん」
　少年は巧みにコンピューターのキイとマウスを動かし、そのエアーズロックの写真を
ディスプレイいっぱいにした。
　その写真はよく見るとエアーズロックに登っている人が見える角度だった。アリンコ
のようにつらなっている人が見える。

「ほら、こうして登るんだよ」

「ふーん。どうだった？」

「そうだねえ。疲れたよ」

実際には、当時のわたしはまだ三十代と若く、本当の話、まわりにいる人ほど疲れていなかった。その頃からエアーズロックを走って登ろうとするフランス人なんかがいてみんなの拍手を浴びていたが、自分にだってあんなことくらいできる、と思ったものだ。でもそういう余計なことは風太君には言わなかった。

今のこの状態は、あきらかにおじいちゃんが孫に伝える「むかしがたり」の風景になっている筈《はず》だったからだ。


琉太くんは順調に育っていた。しかし母親ひとりで小さな赤子にお乳をあげながら、二人のいたずらざかりを相手にしている日常はいかにも大変そうなので、わたしが家にいるときは、午後には二人の兄妹をわたしの家に連れてきてできるだけわたしの家で遊ばせておくようにしていた。そのへんモノカキという仕事は融通がきく。

わたしが原稿仕事で余裕がないときは、チビたち二人にＤＶＤのアニメーションを見せておくのがてっとり早い方法だった。

わたしは映画が好きなので、自室にリア・プロジェクター方式のタタミ一枚分ぐらいのやたら大きなディスプレイ装置を備えている。リア・プロジェクター方式というのはブラウン管とかプラズマに比べ眩《まぶ》しくない、映画むきにわざと暗い画面になるようにつくられているので、子供の目にはいちばんやさしい画面になっていた。それを五・一サラウンドシステムの音響と合わせると完全にミニシアターふうになる。だから「今日は映画館にしよう」と二人に言うと「やったあ」ということになる。

便利なのは、我が家で子供らのために用意してあるアニメのDVDはだいたいアメリカのもので字幕つきだが、かれらは日本語の字幕は読めなくても英語の原盤音声であていどわかってしまうらしく、上映の準備をしてソファに座らせるとほぼ二時間ぐらいは、完全にわたしはわたしの仕事を、子供らの家では母親が赤ちゃんとマンツーマンの時間をもてた。

映画が終わると、二人を居間に連れていってなにか飲み物やクッキーなどを与える。それからいま見たアニメの話をして、ちょっとくつろいでから、二人を連れてかれらのマンションに行く。そのついでにわたしはますます大きくなっている（と思える）琉太くんの顔を見て、兄妹にバイバイをして家に帰る。わたしの生活はそんなふうにずいぶん規則正しくなり、そしてゆったりしたものになった。夕方の連絡をとりあうために事務所に電話する。

「キルギス旅行についてもう少し具体的な打ち合わせを、と出版社から言われていますが」

そういう連絡があった。

このところあまり長期にわたって外国に行く気持ちがなくなっている。それはわたしのこうした子供らとの規則正しいつきあいが大きく影響しているのだろうな、ということは、よくわかっていた。

脱走パラソル

琉太くんは順調に大きくなっていた。まだ一日の大半は寝てばかりだが、起きると全身をふるわせるようにして大声で泣き、空腹を訴える。食欲はいたって旺盛。琉太くんの母親も母乳がたっぷりでる。わたしや妻はかれらのマンションに寄ると「あの子は大きくなる」たいていそう言いあった。

海ちゃんは新しいその弟に海ちゃんなりに世話をやいているようで、ベッドの頭のところにある、赤ちゃん用のいろんな音の出る素朴なおもちゃなどを使って海ちゃんにしかわからない子守歌などを歌っている。

四月になると風太君はかよっている幼稚園のクラスがひとつあがって「もも組」になった。天気の悪い日にゼロ歳の子と二歳の海ちゃんを連れて幼稚園に風太君を送り迎えするのはなにかと大変なので、わたしや妻が朝などはよく風太君を連れて幼稚園に行った。

そのあたりの家々は庭先にいろんな木や花を植えているところが多く、アメリカにいる頃から植物の好きな風太君は、幼稚園にいく途中、いろいろルートを変えてあちこちで見る草花の話をする。わたしより沢山草花の名を知っていて、それはやはり植物好きの妻から教えてもらっているからなのだろうが、この歳頃《としごろ》の子供はなにしろ一度聞いたら確実に覚えてしまうので、わたしをいつも驚かせた。

「じいじい、この葉っぱ知っている。ヤブレガサというんだよ。それでね、この草は食べることもできるんだって」

「ふーん」

毎度ながらわたしはかれのその記憶力に単純に驚く。

「それからこれはドクダミだよ。ドクなんだ」

「それは知っているよ。そのまま食べちゃだめだよ」

「食べないよ。食べるわけないだろ」

風太君がなんとなく怒ったようにしていうのがわたしにはおかしかった。

「ところでヤブレガサってどういうことか知っている?」

風太君に教えてもらっているだけでは悔しいのでわたしは逆に聞く。

「ヤブレガサ?　そうか。カサが破れることかな」

「まあ、そうだろうな。見るとなんとなく似ているじゃないか」

「そうだね」

わたしはこの風太君の「そうだね」という言い方が聞いていていつもなんともここちよかった。

幼稚園に近いところにキウイフルーツの蔓枝《つるえだ》を見事にはりめぐらせた棚のある家があって、そこは風太君の背丈や視野からはあまりにも上にあるのでかれはまだ知らない筈《はず》だった。

「風太君。あれはキウイフルーツの棚だよ。季節になるとあれにいっぱいいい匂いのする実がなるんだ。キミもどこかで食べたことがあると思うな」

「うん。絵本で見たことあるな。食べたかどうかははっきり思い出せないけれど」

わたしと妻はこの町に越してくる前までは武蔵野に住んでいた。木造三階建ての家で、二階のベランダの柵にいつのまにかこのキウイフルーツの蔓枝がびっしりひろがっていて、その繁殖力の強さに驚いたものだ。

その二階の東南に今は風太君ら三きょうだいの父親であるわたしの息子の部屋があって、当時は高校を卒業し、アメリカに留学する直前だった。その二年前にかれの姉がニューヨークの大学に留学したのだが、その当時はわたしも海外の旅行が多く、そういう旅立つ子供らとあまり落ちついて話をした記憶がなかった。

そしてあの沢山実っていたキウイフルーツの実をわたしたちはどうしていたのか、それもまるで記憶からトンでいるのだった。

人生のなかの時間のスピードはその年代によって、ひどくゆっくり進むものと、何をしていたか記憶に残っていないくらい超スピードで経過していくものの二種類がある、ということを最近になってわたしは実感するようになってきた。その意味では今は歳相応にわりあいゆっくりおだやかに時が過ぎていっているような気がする。

とはいうものの、琉太くんというイキオイに満ちた新しい生命が、わたしのそばでぐいぐい大きくなっていくので、日常感覚では時間のたっていくスピードはきわめて速く、寒い季節に生まれた筈なのが、今はおむつに腹がけひとつになっている。アセモに注意。

夏本番になったら、わたしの家の屋上にプールをしつらえてかれらを遊ばせる計画になっていた。空気をいれて膨らませる大きなプールはかれらの父親が買ってきて、わたしはそれにみあうくらいの大きなパラソルを買ってきた。そうしていよいよ好天に恵まれた夏到来の日曜日に、わたしは朝からそのプールをふくらませ、水を入れて昼ぐらいにはちょうどいい温かさになるように調整した。

その町でわたしと妻が住んでいる家は中古物件を買ったのだが、わたしは三階の屋根が大きいのに目をつけ、建築家に頼んでタタミ二十畳ぐらいの屋上を造ってもらった。そのうちの三分の一ぐらいの「バッタの額」ほどのスペースにいわゆる屋上花壇をこしらえて貰《もら》った。といってもけっこう大量の土を入れるので構造的に大丈夫だろうか、と建築家に聞いたのだが、建物の上の重しのようなものになるのでかえっていい具合になるのですよ、と言われて安心したのだった。

その屋上は、わたしが仕事に行き詰まったようなときや、息抜きや考え事をするようなときにと思って造ったのだが、完成すると坂の上にある家だったので思いがけないほどのいい見晴らしで正面に坂下のなだらかな町並み、そのさきに丹沢《たんざわ》や富士山が見える。作戦は成功したな、と思った。

それに今回のように当初は予想もしなかったアメリカからの若い家族の帰国で、その場所はもうひとつ子供たちの夏の涼しい遊び場という役割も担ったのだ。

わたしはプールのそばにウォーター・ウェイトを置き、そこに大きなパラソルを差し込んだ。夏の太陽はけっこう短時間で回っていくのでプールにたいしてそれを置く位置がけっこう難しかった。

「このところなにかと忙しいのね」

そんないそいそした様子を見て妻はわたしをからかうのだが、そう言っている彼女も、ふだんやらないスイカの半切りをいそいそと冷蔵庫に入れたり、冷し白玉などというものを作っているのをわたしは知っていた。

十一時頃に子供たちが賑《にぎ》やかにやってきた。

「プールは冷たくないの？」

風太君が聞く。

「冷たくないの？」

なんでも兄の真似《まね》をする海ちゃんが聞く。

「朝から水を入れてあるからもうこの時間になるとどんどんあったまっているんだよ」

「えっ。屋上でお風呂をわかしているの？」

風太君が本当に驚いた顔をして聞く。

「そうじゃないよ。太陽の熱でどんどん水があったかくなるんだよ。だから安上がり」

「やすあがりって？」

海ちゃんが聞く。

「お金が高くないってことだよ」

風太君的な説明が妹になされる。

「もう行っていいの?」

わたしは答える前に先にたって階段を登っていった。屋上に出る屋根裏部屋で上に着てきたものを脱がせ、ビーチサンダルを履くように言う。板張りの屋上はもう裸足《はだし》では歩けないくらい熱くなっている。

アメリカではかれらはプールには行った事がなく、近くの噴水のある「水公園」で水遊びをすることが多かったらしい。パラソルの下でビーチサンダルを脱がせ、「はい、とびこめ」とわたしは言った。

といっても飛び込むほどのスペースはない。けれど風とおしのいい屋上の、ジリジリした太陽の下でプール遊びをするのはかれらにとっては素晴らしい体験のようだった。

わたしは満足し、それからしばらくすっかりじいじいプール監視員となってかれらの屈託ないよろこびの表情を眺めて満足していた。

いい具合に南からの風が強くなってきていて、熱暑のなかではあったけれど、ますます状況はよくなってきているようだった。

事件は、わたしが階下にある自分の部屋に携帯電話を取りに行ったときにおきた。

かれらの叫び声が聞こえる前に屋上からなにかが大きく軋《きし》むような原因不明の音がしたのでわたしはびっくりし、飛び跳ねるように階段を上がっていった。

まっさきに確認したのは風太君と海ちゃんの二人の姿だった。二人はちゃんとプールの中にいた。でも少し前の風景とはあきらかになにか違う。

「なにがあった？」

わたしは大きな声で聞いた。

「じいじい、大変だよ。パラソルがどこかに飛んでいっちゃった」

風太君が目をまん丸にして言う。

なるほど、さっきと比べてなにかが決定的におかしい、と思ったのはパラソルの存在だった。いまや子供ら二人が入っているプールは真夏の強烈な日差しのなかで全体がぎらぎら輝いている。

「どっちへ飛んでいった？」

「わかんない。海ちゃんと潜水ごっこしてたときだから。バキュンといって急にプールが明るくなった」

「バキュンといったよ」

海ちゃんが繰り返し説明してくれる。

プール側の柵に急いでとびつき下を見たが何も見えない。大きくて派手な色模様のパラソルだから、飛んでいった先はすぐにわかるだろうと思ったのだが、あてがはずれた。

もうすこし視野をひろげたが、ところどころに高い建物があるからそこから見るだけではたいして効果がない。携帯電話で自宅の電話にかけ、妻に屋上に来てもらうようにした。外に探しに行かねばならないが、炎天下、子供らだけを置いていくわけにはいかない。

玄関の先の石の階段を走るようにして降り、門の扉をあけた。このときが一番緊張した。三階建てといっても地下は一階ぶんほどの高さがあり、坂の上に建っているから実質五階の高さから突如落ちてきた大きなパラソルが、ちょうど走ってきた自動車とかバイクとか自転車にぶつかって、そこで大惨事がおきているのではないか、と心配していたのだ。けれど、夏の午後の坂道は強烈な日差しのなかでじつにあっけらかんと平和に静まりかえっていた。

道路は五メートルほどの幅がある。そうなると道路を越えてさらにもうひとブロック先の道に落ちている、ということも考えられた。道に落ちたらとにかくよくない事態がおきていると考えていいだろう。抜け道の方向に走っていくとわたしの名を呼ぶ声がした。

聞き覚えのある斜め前の上野さんの奥さんの声だ。しかしその姿は見えない。どうやら家の中から呼んでいるようだ。上野さんの家は高い生け垣に囲まれているので、道からは何も見えない。生け垣の横にある階段を登っていくと濡れ縁《ぬれえん》の上に立っている上野さんの奥さんの姿が見えた。

「もしや、あれをお探しですか？」

指さす先にあおむけになってだらしなくころがっている問題のパラソルが見えた。

「あっ。そうなんです。屋上で子供たちとプール遊びしてましたら、風に煽《あお》られて……」

「びっくりしたでしょう。急に南風が強くなってきましたものねえ」

びっくりしたのは上野さんのほうだと思うのだが、とにかく顔見知りの、しかも気のいい上野さんの庭に軟着陸（たぶん）したようなのでわたしは本当に安心した。

木戸をあけてあられもなくあおむけになっているデカパラソルを拾いあげ、コーモリ傘のようになっているトメガネを外して細長くたたんだ。やれやれ、という気分だった。

お礼とお詫《わ》びを交互に言って、さっきの木戸から表に出た。

そいつを抱えて家に入っていくとお風呂場で子供たちの大騒ぎの声が聞こえた。妻によってシャワーで洗われている兄妹の声だ。

次にプールをやる時までに東急ハンズに行って太いゴムを何本か買ってくることにし

た。気がつくと汗でシャツがびしゃびしゃになっていた。

夏休みのあいだに近所にある小学校のPTAから「講演のようなもの」を頼まれていた。なかなか気の利いた依頼で、ご近所町内のみなさんに「最近思っていること」「気になること」などを気楽にお話ししていただければ……というような文面で、いかにも最初から肩のちからが抜けていてわたしの気分にあっていた。

町内会のつきあい、ということもあって、その日、わたしはジーンズに下駄《げた》をカラコロいわせて小学校にむかった。そこは選挙があるたびに投票所になるところで、庭に見事な桜が三本ある。ちゃんと土の校庭があって、初めて見たときから、いつかどこかで見たような懐かしいかんじの小学校だった。けれど新宿に近いこういう都会の小学校は、いまや過疎化がすすんでいて小学校の六学年のうち五年生だけが二クラスであとはみんな一クラスだという。風太君も、アメリカに戻らないかぎり幼稚園をでたらこの小学校に通うことになるのだろう。

冷房がないので少しは涼しくなる午後五時からという時間からはじまるのだが、会場はいつもの選挙のときの体育館で、むかしの造りでもあり小学校のものなので一般教室を少し大きくしたぐらいの規模だ。そこに保護者を中心に近所の人が百五十人ほど集まっていた。みんなセンスやウチワを使っているので中に入るとヒラヒラハラハラと、なんだか荒れる海を前にしているような気分になった。

わたしが入っていくと軽い笑いがおきたのはどうやら下駄をカラコロいわせていたかららしい。

役員らしき人がわたしへのお礼と会場のみなさんへのわたしの紹介を同時にやってくれた。それからたちまちわたしの「話」になった。といってもとくになにか重大なテーマを掲げていたわけでもないから、ざっくばらんにこの町にきてほぼ十年、町について思うところ、住んでみての感想などの軽い話からはじめた。町内のみなさんが殆《ほと》んどだと思うのでみなさんのほうからも質問なり意見なりを聞かせてくれませんか、とわたしが言うと早速若いお母さんらしい人の手があがった。

「仕事柄世界のいろんな国を見てこられたと思うのですが、そういう体験からみて、いまの日本の都会の子供たちに思うところはありませんか」という質問だった。

わたしは環境に恵まれすぎていると、そのことに気がつかない、という心理現象の話をした。たとえば、わたしの旅をした国々のなかには明日自分が飲める水があるかどうかわからない国に暮らす子供らが沢山いること。あるいは家族と一緒に明日食べる物を探す日常にある子供の話、一族二十八人が八畳間ぐらいの船の家で暮らしている家族の話、学校に行きたくても行けない国の子供の話。そういう子供が一方にいるなかで、不登校とか引きこもりなどという現象がおきている日本の子供の話——などをした。会場は一気に硬い気配になったが、センスやウチワの動きがだいぶとまり、気配が真剣になってきているのもわかった。

「これらは単なる異文化の風景として片づけてもいいし、その意味をもっと深く考えてもいい問題だろうと思います」

わたしは付け加えた。そしてたとえばトイレひとつとっても先進国同士の文化ですでに異文化としての価値観のぶつかりあいみたいなものがわたしの身近にありました。わたしは、そう言って、アメリカから帰国した自分の孫が温水噴き上げ式という極めて日本的なハイテクトイレが怖くてしばらく入れなかった話をした。

そこから自分なりに考えたのは日本の行き過ぎたハイテク機能に翻弄されるわたしたちの生活についての感想、主に疑問だった。

エスカレーターひとつ乗るのにも、やれ手すりにつかまり、子供の手をとり、まっすぐ前をむいて、走ったりとんだりしないように、とエンドレステープで一日中注意されている都会。湯が沸いたといっては電気やかんとでもいうようなものがビービー鳴る台所。立てばだまってドアのあく入り口やタクシー。外国人に、アニメのコマ落としのようにコミカルな動きで騒然としている、と驚かれるターミナル駅などの慌ただしい人々。その一方で雨が降るとみんな裸になって外を走りまわり喜んで暴れている子供のいる国もあること。どれがいいとか悪いとかではなくて、世界はそれを見る人間の思考を試すような風景と出来事に満ちているんですよね。

そういう話をした。

また別の人の質問というか感想のようなものがあった。

「わたしの家は幼稚園にむかう道ぞいにあるのですが、ときどきお孫さんとなにやらお話ししながら幼稚園に行くところを二階の物干し場などで見かけます。子供たちにとってこの町の暮らしをどう見ていますか」

そういう内容だった。

「あれれ、じいじいの付き添い登園を見られていましたか」わたしが言うと会場に明るい笑いがおきた。そうして急に思いだし「いまの質問にお答えする前にちょっと別な話をしますね」とわたしは言った。

「この夏のはじめの頃にわたしの家の屋上から子供プールの日除《ひよ》け用のパラソルが風に煽られて外に飛んでいってしまいました。走ってくる自動車にぶつかったりしたら大変ですからあわてました。幸い何事もなく脱走したパラソルは見つかりましたが、ここにいるどなたか、どこかであの日パラソルが空を飛んでいくところを見はしませんでしたか？」

会場に笑いが広がり、それから少ししてちょっとざわめいた。会場の後ろのほうにいる女性から手があがったのだ。

「えっ。あれを見たんですか」

「はい。わたしは坂下の都営住宅に住んでいる者です。干してある布団をうらがえしにしようとベランダに出たとき、大きなパラソルが斜めになって飛んでいくのを見ました。なんだろう、としばらく不思議に思っていました」

「ひゃあ、見られてしまいましたか。やっぱり町内会ですねえ。あれからわたしは東急ハンズに行ってゴムを何本も買い、パラソルをなによりも頑丈にしばるようになりました」会場はさらになごやかな笑いに包まれた。

それからわたしは、この町に暮らしている子供たちについての感想を話した。最初に例としてアマゾンのモーレッツなスコールの中を大よろこびで走り回る子供たちのエピソードを少し。

「うちにもそんなスコールがきたら裸で走り回りたいだろう小さい子がいるのですが、何もできません。そんなふうに自由に安心して遊べる場所がもっとほしいですね。もっと木陰があって、いろんな草花があって、赤ちゃんから老人まで安心して遊べるような公園が、ほしいですねえ」

それから話は少し違いますが、交通安全週間になると交差点に旗をもって子供の安全通行をコントロールする人が登場しますが、みなさんはああいう仕組みをどう感じていますか。わたしは、ある限られた期間だけああいうことをするのに疑問を感じています。その小さな子供のこれからの人生で歩いていく先々に常にそういう旗をもった人がいてくれるなら話は別ですが、そんなふうにはなっていない。だったら最初から常に子供が自己判断で道路をわたるようにしたほうが、本当の安全管理になるのじゃないかと思っています。日本でしか見ないああいう一時的かつ〝おせっかい〟な安全ポーズにぼくは疑問を感じています。

会場の雰囲気がまた少し硬くなった。

「やがてわたしの孫がこの小学校に通うことになると思いますが、常に自分の判断でここまでの道を歩かせたほうがいいと思うからです。ときどき空も注意させませんと。どんなときに空からパラソルが飛んでくるかわかりませんからね」

センスやウチワのヒラヒラは殆どなくなりやわらかい笑いと拍手がおきた。

そーなんだ！

最近わたしの妻は、かつてのわたし以上に旅にでることが多くなった。それも彼女の行く場所はチベットという、はるか彼方《かなた》の雲の上、文字通り「雲表《うんぴょう》の国」と呼ばれるところだから、行けばいちばん短くて一カ月は旅の空だ。

ひところはわたしが一、二カ月の、主に辺境と呼ばれる国にでかけていたからそのへんは互いにバーター の感覚で役割をわけ、どちらかが長期に家をあけるときはどちらかが家にいる、というなんとはなしのキマリゴトができている。

そうして今は妻のほうがでかけることが多くなった、というわけだった。

妻が一カ月以上外国に行っていると、最初のうちはかいがいしくわたしは自分のための料理などを作っていたが、最近はそれも面倒になり、タクシーで十分もあれば簡単に行けてしまう新宿のなじみの居酒屋に直行し、その日あいている仲間を呼び出して酒を飲みながら酒場の食い物で夕食がわりにする、というようなことが多くなっていった。

ある年などはそれも面倒なので、わたしの家に仲間を泊まらせる、という「合宿作戦」を行った。こういうとき、雑多な友達がいると面白いもので、別になんの必然性もないのだけれど、わたしのそういう「合宿作戦」に同意する奴《やつ》がけっこういて、都合十人ぐらいの友達がわたしの家に十日ほど暮らしていたことがある。

かれらは半地下室と屋根裏部屋を入れると五層づくりになるわたしの家のいろんな部屋を覗《のぞ》いて自分の寝場所をきめる。面白かったのはちゃんと客間があるのにそういう部屋ではなく、地下室だとか屋根裏部屋などに自分の寝床をこしらえる連中が多かったことだ。

みんな仕事があるので昼は会社に出ていく。わたしは自宅が仕事場だから、まるで下宿のおばさんみたいに出勤していく彼らに朝飯を作ってやった。

といっても合宿するときに、みんななにかしら食い物を持ってくること、と通達しておいたので、冷蔵庫には脈絡なくいろんな食べ物があった。たとえばローストチキン二羽分とか、冷凍うどんがドサッとか、アジの干物が一ケースなどという具合だ。

それらがおかずになるので、わたしはその日の朝、玄関に行って靴の数を数え、昨夜泊まったやつの人数を確認してコメを炊き、それにあわせて味噌汁《みそしる》を作る程度だ。おかずは二つの冷蔵庫に入っているそれら脈絡のない食い物をどすんとテーブルの真ん中に置いておく。それがけっこううまいといってみんなに好評だったのだ。

わたしがなぜそんな不思議なことをしたのかは、我ながら少しナゾだった。たぶん軽い「ウツ」だったのだろう、と思うのだ。大勢の友人がいると酒を飲みながら面白く夜を過ごせる。学生時代に友人四人と東京の下町で下宿していたのも、なにかいつも友達と賑《にぎ》やかに過ごしていたかったからで、そういう「作戦」をたてるのはいつもわたし自身だった。たぶんその時代もわたしはゆるやかな「ウツ」のなかにいたのだろうと思う。だから気分としてはその学生時代と変わらない。

わたしだけでなく、わたしの家にわざわざ泊まりにくる、という友達の心理も、もうひとつナゾであったけれど、買い込んできたものをいろんな酒を飲みながら大勢で食い、いろんな話をして陽気に笑っている、という空間は、思えば望んでも世の中にあまり存在しない、というのも確かだった。プロ野球のナイターを見るのだって大勢で見ていると面白さが全然違う。

顔ぶれが揃《そろ》えば麻雀《マージヤン》などもやる。家事を全部わたしがやるのは大変だからといって集まってくる連中が話しあい、分担してやってくれるようになったりした。

こういう「さして目的のない大人の合宿」は、いま考えるとわたしのかるい「ウツ」の活性化策として、大いに役立っていたのだろう。

アメリカからやってきた新しい、賑やかな家族は、妻が長期に外国旅行に行くときに、そんな「さして目的のない大人の合宿」にかわる、もっと元気があって楽しさに満ちた〝黄金の存在〟になった。

わたしは仕事を終えると夕方頃にかれらのマンションに行き、ごはん前のけたたましい騒動に進んで巻き込まれていった。

三匹の孫たちは、日によって予想もつかないことをしていた。いちばんよくあるケースは、その頃から急激にのめり込むようになった風太君の「古代遺跡」ごっこで、これは各種の積み木や玩具などを使って風太君が、自分の好みの「古代遺跡」を作っている。

そのかたわらでは海ちゃんが、たいてい「なんとか屋さんごっこ」をやっていた。

「なんとか屋さん」はその日によって違っていて、ファミリーレストランのときもあればアイスクリーム屋さんとか洋服屋さんのときもあり、ときには美容院だったりする。

椅子や子供用の踏み台などをうまく使ってそれらのお店が作られ、いかにもそれらしい「商品」が並べられている。

琉太くんはその頃になると床の上をなにか不思議な動物のようにしてすいすい動き回っていた。まだハイハイはできないが、リビングルームの床にうつぶせにしておくと両足の指を立ててそれを交互に動かして上手に移動していくのだ。かれが発明したもっとも効率よく自分の意思で移動できる方法らしく、わたしはそれによく似た動きをする動物をむかしどこかの国で見たことがあるのを思いだした。しかしその動物の名前はすぐには出てこない。なぜならそんなことを落ちついて考える余裕のないくらい、訪ねていったわたしはかれらの恰好《かっこう》の遊び相手として「引く手あまた」の嬉《うれ》しい状態になってしまっているからだった。

風太君は目下研究中の「古代遺跡」の問題点はなにか、ということをわたしに息せき切って説明してくれる。かれのそういう知識はこのところずっと読んでいる『そーなんだ！』という雑誌からきているのだ。

「じいじい。フン族というのはね、迫害されて滅ぼされてしまったんだ」かれは息を弾ませるようにしてそういう。

（フン族……）

どこかで聞いたことがあったけれど、いつの時代のいつの出来事やら。わたしにはハナから難しい歴史問題がつきつけられる。

そうして戸惑っているあいだにも海ちゃんが「じいじい早くお客さんになってよ」といって強引に自分の「お店」に連れていく。

海ちゃんのお店に行くとなにか買わねばならないのだが、何屋さんなのかは聞かなければわからない。

あるときは駅前にあるけっこう人気のクレープ屋さんだった。

「どんなものができますか？」

なりゆきで、当然質問する。

「これに書いてあります」

海ちゃんは新聞の折り込みを適当に切ってたたんだようなものを渡してよこす。メニューのつもりなんだなと素早く判断しなければならない。海ちゃんはもうすっかり「なりきり」状態だから、両手を前に組んで注文を聞くお姉さんになりきっている。

「じゃあ、これとこれをください」

何がメニューに書いてあるかわからないのでわたしは逃げの対応をする。

「そこに書いてありますから、ほしいものを言ってください」

なりきりお姉さんはすました口調で言う。

わたしは困り、

「今日はあまりお金をもってきていませんので一番安いのをください」

クレープを買ったことのない「じいじい」としてはなかなか苦労する注文方法だ。

「わかりました。チョコレートクリームですね」

「そうです。チョコレートクリームが大好きなので」

海ちゃんは折り紙で作ったなにか怪しい多角形のものを新聞紙に包んで渡してくれる。

「おいくらですか？」

「九百五百八百円です」

なんかヘンな値段だけれど架空のお金を払い「おつりをください」と一応頼んでみる。

「おつりは結構です」

なりきりお姉さんはあくまでもすました顔でそんなことを言うのだ。

そんなことをしているうちにも風太君がまたもやフン族のその後のことをわたしに教えてくれようとしている。そこに両足だけ巧みにくねくね動かして琉太くんがわたしのところに突進してくる。

そうだ。思いだした。この動きに似ているのはオーストラリアで見た「カモノハシ」だ。そんなあっちこっち大騒動のリビングのむこうから、

「みんなもうじきごはんだから遊んだものを片付けなさい」

かれらのおかあさんがそう声をかける。

でも三匹のそれぞれは、それぞれが忙しい渦中にあって誰も何も答えない。

「さあ。ごはんだからみんな片付けよう」

わたしが仲をとりもつしかない。

それでも誰も反応しない。

カモノハシ型突進をしている琉太くんがそのうちピアノの隅に頭を突っ込んで「ビャア！」などと泣きだす。突進したのはいいが目下の運動技術では後退できないのだ。

じいじい救助隊が出動だ。

「本当にみんな片付けなさい」

かれらのおかあさんはそれから十回ぐらいは同じことを言わねばならない。

「じいじい」は泣いたカモノハシを抱き上げて「痛いの痛いのあっちへトンでいけえ」という例の効果的なおまじないをする。そうすると痛いのは瞬時にあっちにトンでいって、救助隊は一応の任務をまっとうする。

風太君と海ちゃんの広げた「古代遺跡」と「クレープ屋さん」はそのうちようやく片付けの方向にはいり、わたしも手伝い要員になる。カモノハシはまたリビング中をすいすい前進、またどこかに頭をぶつけて停止している。

それから子供らは手を洗い、自分の椅子を押していってテーブルの所定の場所に置く。わたしも自分の席を確保する。琉太くんは椅子に小さなテーブルのくっついた自分の席におさまって、陽気に琉太くん語でなにか喋《しゃべ》っている。かれらの父親はその年、テレビ局の事業部に入った。テレビ局が主催する各種の集客ビジネスが主な仕事だ。そのなかには海外から演者や技術者ごと招聘《しょうへい》する大きなショービジネスなどもあって、かれの仕事は次第に忙しくなっていた。その日も食事は外らしい。わたしは冷蔵庫からビールをとりだし、プルリングを引っ張って、本日なによりも幸せな時間と空間に突入する。

しかし三人の小さな子供たちの食事はちょっと目をはなしていると「メチャクチャ」になっていることが多い。離乳食に移行中の琉太くんなどは、おにいちゃんやおねえちゃんのようになんでも自分でやりたがる。それは素晴らしいことなのだが、ちょっとほかのことに気をとられていると、口に入れるというより、結果的にヨーグルトで顔を洗ったようなもので、見事な白塗り仮面のようになっていたりする。

食事が終わるとテーブルの下は各種食べ物の破片の散乱だった。

それを見て、わたしは自分がまだ若い父親だった頃のことを急速に思いだす。

わたしは武蔵野にある小さな貸家に住んでいて、今の風太君や海ちゃんぐらいの歳《とし》の子らを育てているさなかだった。食事が終わると椅子類をすべて片付け、ほうきで掃き、雑巾がけをする必要があった。六畳のタタミの部屋はそれまで子供たちがいろんなものを引っ張りだして遊んでいたところだから、それらを片付けたあとには、やはりほうきで全部掃いて、毎日夜の掃除をする必要があった。

あの頃とまったく同じことが、こうやって繰り返されているのだなあ、とわたしはいささかまぶしく呆然《ぼうぜん》とする思いで、その新しい家族の夜の掃除を眺めていたりするのだった。


その年、オーストラリアの企業が企画制作した、かなり規模の大きな「ウォーキング・ウィズ・ダイナソー」というイベントが全国巡業、というスタイルで行われた。

三きょうだいの父親がテレビ会社の事業部に勤めてはじめて担当する仕事だった。外国人が七十人ほどやってきて日本全国をまわる。父親はその演者や技術者とコミュニケーションをとって、そのイベントをつつがなく巡回させる仕事を担当していた。

そのイベントに近頃恐竜に興味を持っている風太君を連れてきてくれないか、と頼まれた。それはわたしにとってもなかなか魅力的な話だった。たとえ日帰りのそういうイベントの見物、という短い時間の行動であっても、わたしはまだ風太君と二人でどこかにでかけたことはなかったからだ。風太君にとっても両親以外の大人とでかけるのは初めての筈《はず》だった。

日曜日、さいたまスーパーアリーナが会場だった。名前はよく知っていたが、わたしはまだそこへ行ったことがない。電車で行くかクルマで行くかちょっと迷った。世の中のいろんなモノが面白くてならない風太君ぐらいの歳には、電車の窓から見る初めての風景はそのひとつひとつが刺激的な風景で、自分のなかの新鮮な物語になる、ということはよくわかっていた。乗り換えにしても街から駅への移動にしてもそういうものを自分の足で確かめながら受けとめていく、という経験が積み重なっていつか感受性の基礎のひとつになるはずだ。

けれど新幹線ならともかく、ふだんクルマの移動ばかりで電車にめったに乗らない生活を続けてきてしまったわたしは正直なところ、電車を乗りかえてちゃんと目的のところに小さな子を連れていけるのか、不安でもあった。都会に生きているくせに情けない話だが、本当のことだからしょうがない。

かくして自分のクルマで行くことにした。クルマだとカーナビがついているから間違いなく目的の場所に行ける。駅の改札やホームで混み合ってもみくちゃにされる、という不安もない。

孫とはいえヒトの子供を預かるのだからそのへんは慎重にいかなければならない、とけっこう生真面目にそう思った。

幸い風太君はクルマ酔いしないし、父親とはしょっちゅうクルマであちこち行っている。

風太君のおかあさんにお弁当を作ってもらった。わたしと風太君の意見が一致し、海苔《のり》むすびとなった。

水筒にお茶をいれて風太君のものは風太君のリュックサックに全部いれた。

そうしてだいぶ時間の余裕を持って初めて行くさいたまスーパーアリーナにむかった。何万人も集まる会場だから駐車場があいているか心配だったが思いがけなく余裕があった。スーパーアリーナは駅に隣接していて、多くの人は電車で来ているらしい、と現場に行って初めてわかった。

そこに行くまでのあいだ、わたしは風太君から「マヤ遺跡」についての話を聞いていた。

それもやはり『そーなんだ！』という雑誌で知った知識なのだろうが、このくらいの歳の子供は本当に一度読んでしまうとそれがそのまま頭のなかにきっちり記憶されるという、まことにもって羨ましい構造をしているのだ。

一時間も話をしていると、そのことがじつによくわかる。

駐車場からスーパーアリーナまでは駅と会場をつなぐ巨大な回廊のようなところを行

く。そのいたるところにレストランやちょっとした小物を売っている店やみやげもの屋が並んでいて、やはり沢山の人でごった返していた。手をつないでアリーナの巨大な入り口に入っていく。

チケットは入り口ごとにはっきりわかる色分けがされていた。雑踏のなかを歩いていくと、いつのまにか風太君の隣に誰かがピッタリくっついて歩いている。

なんだこいつ。

と思ったら風太君の父親だった。つまりわたしの息子である。インカムを耳につけていて、いかにも関係者そのもの、という恰好をしている。時間をみはからって待ちうけていたのだろう。わたしが入り口を探す前にかれが座席まで案内してくれた。

「ゆっくり楽しむんだよ」

風太君の父親はそう言って風太君の野球帽をかぶった頭を軽くポンポン叩《たた》き、自分の担当する部署に戻っていった。

かれが風太君ぐらいの歳で、わたしが父親だったらやはり同じようにアタマをポンポンして自分の仕事場に行くのだろうな、と思った。

会場のなかは巨大で、沢山の人がいるのに空調が利いていて暑くも寒くもなかった。大勢の人がいるわりには騒々しくもない。ただこのイベントに関連したみやげもののひとつなのか、ひどく派手に光って回転するおもちゃのようなものがいたるところでぐるぐる回っていて、それが目にうるさかった。

まだ開演二十分前だが効果をあげるためだろう。どこからともなく恐竜の吠《ほ》えるいかにも恐ろしげな声が会場のあちらこちらから聞こえる。

「あれ。恐竜が吠えているぞ。どうもここはこれから本物の恐竜が出てくるらしいよ」

わたしは風太君にもっともらしく声を潜めながら言った。

「本物なんて出てくるわけないよ」

風太君はそっけなく言った。

「どうしてそう決められる。げんにいま恐竜が吠えているのが聞こえてたじゃないか」

「あれは嘘《うそ》の恐竜の声なんだよ。恐竜はもうとっくのむかしに地球から滅びていなくなってしまったんだから、今ごろ生きているのが吠えているわけはないよ」

恐竜の話も『そーなんだ!』に出ていたのかもしれない。今の子供は簡単には騙《だま》せないが、やがてコンピューターに操作された本物そっくりの巨大な恐竜が出てきたら風太君も、少しは「もしかすると……!」と思うかもしれない。じっくり観察すべき面白テーマだった。

やがて前座的なプログラムがあって、いよいよビッグショウが始まった。

オーストラリア人らしき人が登場し、ふき替えの日本語で、恐竜の世界の基礎的な説明をはじめた。まずは恐竜がその巨大な卵から生まれてくるところからはじまる。どんな操作でやっているのか、本物としか思えないリアルさで小さな恐竜の赤ちゃんが卵から出てきた。するといきなり動きの速い三メートルぐらいの恐竜が出てきた。解説する人が、

「生まれたばかりの恐竜を狙う恐竜です。危ない！」

生まれたばかりの赤ちゃん恐竜はうまく逃げられたようだ。

風太君はあきらかに体を前のめりにさせてじっとその動きを見ている。

そのうちにいままで遠く聞こえていた吠え声とはまったく違う雷鳴の轟《とどろ》くような大きな吠え声がしてでっかい恐竜が現れた。その動きは精密にコンピューター制御されているのだろうが、まさに本物そのものに見える。でもよく見ると足もとにかなり大きな細長い箱を引きずっているのが見えた。あの箱のなかに全体を動かすメカニズムの制御装置やコンピューターやその動力装置などが入っているのだろう。

「ほら、本物が出てきたじゃないか」

わたしは風太君に言った。

「ぜったい違うよ。あれはなにかの機械で動かしているだけだよ」

風太君にはまだ恐竜の足もとで同時移動している箱は見えていないようだった。その巨大な恐竜の後ろから首の長いブラキオサウルスが出てきた。

「あっ。あれは今度こそ本物だ」

「違うよ。全部機械で動いているんだよ。じいじいはバカじゃないの」

風太君は声を潜めて言った。でもさっきと違って前のめりの姿勢から、わたしのほうにいくらか体を寄せて見るようになっている。いひひ。とわたしは声をころしてひそかに笑ってしまった。

転変

琉太くんの二歳の誕生日祝いはわたしの家でやった。かれらの住んでいるマンションよりはだいぶ広いし、地下から屋上まで階段だけで五階分ある。だからわたしの家にくるとかれらは屋内運動場のようにしてドタバタと大きな音をたてて、家のいたるところをあそび場にしていた。

カモノハシ琉太くんも二歳になっていたからもう自分で階段をエイサエイサと登ってくる。こういう小さい子を見ていると、たいしたものだ、と思うのだが降りるときはちゃんと後ろむきになって丁寧に降りてくる。こうやって降りるんだよ、と親も祖父母もとくに言わなくても自分で安全な降り方を会得しているのだ。

二階はキッチンとダイニングとリビングをワンフロアにしてあるので一番広々としており、かれらにとってはあちこち本気で走り回ることができる。サンフランシスコで暮らしていたときは階下にタトゥをしたエリックという、ヤクザではないがちょっと気むずかしい男とその内縁の女が住んでいて、チビたちが部屋を走り回っていると、よく文句を言いにきた。

わたしがサンフランシスコに滞在しているときもそんなことがあって、エリックは気の弱い人間がよくやるように次第に自分の言葉に激昂《げっこう》していくようなクレームをつけてくるのでいくらか緊迫したが、息子は長いアメリカ生活のなかでそういうクレームに笑顔で詫《わ》びておさめる大人の対応を身につけているのを知って、わたしは驚くのとともに感心した。

わたしが息子ぐらいの年齢だったら「そのくらい我慢しろ、このやろう」などということになってたちまち殴り合いの喧嘩《けんか》になるところだが、気がつけばわたしはいまや断然「おじいちゃん」であり、息子は元プロボクサーであったからやたらには怒らず、かえって余裕のある対応がとれているのだろう。

いま、チビたちが走り回っている家は自分の家と同じようなものである。階下には誰も住んでいないから、タトゥをした男が文句を言ってくる心配もない。

思う存分走り回りそのうちたいがい海ちゃんあたりが机の脚にぶつかって泣いてひと騒動おわり、ということになるのだった。

琉太くんはチビながらお姉ちゃんお兄ちゃんと一緒になってうごき回り、ときおり部屋の中のあちらこちらに置いてある鉢植えの観葉植物の陰に突きあたったりして静止し、ひとりかくれんぼうなどをやっているのだった。

わたしの家でやる誕生パーティはたいがい「お好み手巻き寿司《ずし》」と決まっていた。妻が午前中に新宿のタカシマヤに行って魚類等の食材を買ってくる。海ちゃんは京王電車に乗っておばあちゃんとタカシマヤに行くのが好きなのでその日も当然のように一緒にくっついていった。

海ちゃんはまだタカシマヤとは言えずきっぱりとタカシヤマという。それから地下道を行くときに以前おばあちゃんに「ここはなに？」と聞いたらしいのだが、いたずら好きのわたしの妻は「いいとこやのえんのしたなのよ」というふうに教えているものだから本人はすっかりそういうものだと思いこんでいて、帰ってきてからわたしが「海ちゃん今日はどこに行ったの？」と聞くとやはりいつものようにキッパリと「いいとこところのえんのしたを通ってタカシヤマに行った！」と教えてくれるのだった。

お好み手巻き寿司の誕生パーティは、それぞれ自分の好きなものを好きなように海苔《のり》にまいて食べるようになっているから、いただきます、と言ってから五分後ぐらいには食卓はすでにもう大変な状態になっていた。でもそうなることは最初からわかっていたので、大人たちは汁ものが無闇にこぼれないように注意するくらいで本当の各自の「お好み」にした。

風太君はサンフランシスコにいたときからマグロの刺身が好きで、これは親子三代、順調に遺伝していった「好み」だな、などという話になった。

もっともマグロの刺身はおおかたの日本人が好きだからわざわざ「遺伝」なんぞというものを持ち出すことでもないかもしれない。でも海ちゃんは魚類はどうでもよくて、シイタケやコンニャクなどの煮物やフリカケごはんなどを好んで食べている。琉太くんはもうだいぶ前から椅子とテーブルが一体化した幼児椅子を卒業し、座る位置の高い幼児用のちゃんとした木の椅子に座ってテーブルにむかっている。そのため自分でテーブルに上半身をのしあげていっていろんなモノを取り上げ、空爆のようにそれらを食卓のあちこちにばらまいている。

たいへんな騒ぎは続いていたが、こんなふうに家族が大勢で食事ができることは何にしても嬉《うれ》しいことであった。

食事の時間は一時間ほどもかかり、そのあとの片付けに三十分ほどかかった。なによりも沢山の皿が並びすぎていた。大人たちがそれを片付けているあいだ、わたしがいつものようにチビたち三人に絵本を読んであげる係になる。そうでないとまた三人が無統制にあっちこっちを走り回り、片付けのためにお皿などを台所に運んでいる大人たちにいつ激突するかわからない。

しかし二、三歳ずつ離れた三人の子供が共通して楽しめる絵本というのはなかなか難しく、連中をまとめてひっとらえているためにはかなりの技術が必要になる。

絵本に集中できなくなると、三匹のチビたちに「しずかにしていないとおいしいケーキが出てこないよ」というと五分ぐらいはいささかの効き目になるのだった。

大きなテーブルの上が片付くと、かれらの両親が別の部屋に密《ひそ》かに用意していたバースデイケーキの上の小さな二本のローソクに点火。そのあいだに期待に満ちた三匹のチビたちはふたたび自分の椅子に座る。見計らって妻が部屋の電気を消す。

アメリカで何度も友達などとこういうバースデイパーティを経験している風太君と海ちゃんは心得たもので、大きな声でハッピーバースデイの唄をうたう。はやくも興奮気味である。琉太くんは自分のバースデイなんだけれど椅子には座らずよくわからないまま適当な声をあげている。

唄はだんだんアップテンポになり、みんなの拍手のもとにデコレーションケーキはテーブルの真ん中に置かれる。

父親が琉太くんをかかえてケーキの上の揺れる二本のローソクの近くまで琉太くんを近づける。琉太くんはまだ吹き消すことはできないので父親が風太君と海ちゃんに「かわりに消してあげて」というと二人はテーブルの上に乗り出していって殆《ほとん》ど喧嘩のようにして争って吹き消す。ローソクは二本しかないから、あっと言う間に消える。すぐにもとどおり部屋の電気がつき、みんなで拍手する。

すっかりとはわからないままにも琉太くんはどうもいまは自分が主役らしいぞ、ということには気がついているらしく、顔がはっきり喜んでいる。かれらのおかあさんがケーキカッターを持ってきて、どのへんがいいの？ と聞くと風太君と海ちゃんとの再び激しいタタカイがはじまる。どこも同じようなものだと思うのだけれど、それなりにふたりには最高の場所があるらしい。

三匹がケーキにかじりついている束《つか》の間《ま》の静寂がなんだか逆に迫力がある。ひとつのことにこんなに集中できるのはつくづく羨ましく思える。やがてケーキとお茶の時間が終わると、妻が子供たちをまとめてなにか独特の遊びをはじめた。わたしの妻は若い頃に保育園の保母さんをやっていたので、こういう、子供たちを静かにさせ、ひとつの遊びに熱中させる名人だった。

そのあいだにわたしと息子は強いウイスキーなどを飲みながら少し四方山《よもやま》話《ばなし》をする。

日本にやってきて二年と少し、日本で生まれた琉太くんもようやく長い飛行機旅に耐えられるようになった。

かれらが日本に帰ってきたのはきわめて暫定的なもので、アメリカ生まれでアメリカ育ちの上の子供二人を日本という国、日本の生活や文化といったものに小さい頃に一時期触れさせておく、という目的があった。

そして、一時帰国したかれらの日本への馴染《なじ》みかたは意外にすんなりいって、風太君は順調に日本の幼稚園に馴染み、いまは近所にある小学校に通っている。海ちゃんも風太君と同じ幼稚園に通うようになった。

父親のほうもはじめアルバイトの連続だったものがいつのまにか条件のいい就職がはたせ、親子ともに日本の生活やその仕組みのなかに抵抗なく同化しているようであった。

それでもなおかつアメリカの生活に戻っていくべきか、というのが目下かれらの両親が大きく逡巡《しゅんじゅん》するところなのだった。

先入観を持たせないためにわたしはそれらの迷いについて何も言わないことにしていた。予定通り、琉太くんが長距離飛行に耐えられるようになり、アメリカに帰っていってしまうのは、せっかくじいじい稼業の面白さに気づいたいまとなっては、なんとも寂しいことではあったが、かれらの人生の大きな流れにはちょっかいを出したくない。

アメリカに戻ったらまた新しい別の可能性が広がることも大いにあった。かれらの友人たちも「そろそろ戻ってこい」としきりに言ってきているらしい。しかしいくら話しても結局いつも確たる結論は出なかった。まあ焦らずにもう少し様子を見ていこう、というのがいつも「結論の出ない」その日のしめくくりだった。

そういう感情の背景には銃社会、麻薬社会、訴訟社会でいっときも油断のならないアメリカの生活より、日本のそれは気持ちの底がはるかにゆったりできる、という緊張感のほぐれが大きく関係しているように思った。

そろそろ眠くなってきた琉太くんが母親の膝にのしかかっている。外は二月特有の強い季節風が吹いていた。

それから三週間後に、東日本の太平洋岸の広大な範囲を襲った地震とそれにともなう巨大津波がおきた。

その日わたしも妻も家にいて、風太君はまだ学校から帰っておらず、おかあさんは幼稚園まで迎えに行っているところだった。わたしの家は考えていたよりも堅牢《けんろう》で、わたしの仕事場の天井まである大きな本箱のところどころから、不安定な入れ方をしていた本が落ちた程度の被害だった。

妻が小学校に風太君を迎えに行ったところで、イガグリ頭の風太君がランドセルにいろんなものをぶら下げてむこうからやってくる姿が見えた。とりあえずの安堵《あんど》の瞬間である。やがて海ちゃんもおかあさんの自転車に乗って無事帰ってきた。まだ余震がくると危ないからというのでその日はみんなわたしの家に泊まることになった。テレビではかなり刺激的な放送をやっていたのでリビングのテレビを消し、わたしは三階にある自分の部屋で成り行きを見ていた。惨憺《さんたん》たる画面が続いていた。東北には知人が沢山いる。よく知る街そのものがそっくり消失してしまったという、にわかには信じられないような出来事も報じられていた。

夕方までそれらのニュースにしがみついていた。やがて原発の事故が報じられた。津波とは質の違う恐怖が襲ってきた。こういうとき自分にできることは何だろう、ということを考えた。すぐには何もわからなかった。

夜更けに小さな子供たちの父親であるわたしの息子と電話で話をすることができた。かれは仕事で熊本県に行っていた。かれは今テレビ局の事業部に所属しているので、このところ外国人チームとのイベントに同行し、日本の各地を移動していたのだ。

わたしは、チビたち三匹はみんな無事で、今日は余震がくると怖いので子供たちはおかあさんとリビングの大テーブルの下に顔を入れるような恰好《かっこう》でみんな寝ているし、いまのところ周辺にははっきりした被害のようなものはないから心配するな、とかれに言った。

わたしはちょうどその頃、仕事がらみでチェルノブイリに関する記録映画を観《み》、原発のメルトダウンの恐ろしさについて書いてある本を何冊か読んだばかりだった。その頃はまだ福島原発の事故は軽微で、深刻な問題ではない、という報道をテレビはしきりに繰り返していた。けれど地球の自転による気流や海流の動きがまたたくまに広範囲を汚染していく、という事例をくわしく読んで知ってしまったわたしはテレビのいう「まだ安全」という説明にとても懐疑的だった。とくに小さい子供への放射能の影響がはかり知れない。わたしは息子に、これをひとつのきっかけにしてアメリカに戻ったほうがいいのではないか、とすすめた。かれもそう考えはじめていた頃で、アメリカの友人からも「早く戻ってこい」との連絡があった、と知らせてくれた。

何時《いつ》、どの段階で、という問題があった。颪太君も海ちゃんもアメリカ生まれだからパスポートを持っているが、日本で生まれた琉太くんはまだそれがない。モノゴトの順番として何がおきるかわからないから一刻も早く琉太くんのパスポートを取得しよう、ということになった。

そのとき、わたしの頭に沖縄が浮かんだ。日本のどこでもパスポートはとれる。それならちょうど春休みになることだし、颪太君と海ちゃんも連れてみんなで沖縄に行こう。那覇ならパスポートの申請所もそんなに混んでいそうにない。飛来してくるかもしれないセシウムなど放射性物質は子供にとくに危険だ。とくに大きなダメージを受けやすい女の子の海ちゃんを一刻も早く東京から遠ざけて守りたい、とわたしは考えていた。

震災のあった翌日、わたしの兄が急逝した。わたしの家は複雑なところがあって、異母兄弟が五人いる。急逝した兄はわたしとは腹ちがいであったが、父親が早く死んだこともあってその歳《とし》の離れた兄はわたしや弟を父親がわりに育ててくれた。とるものもとりあえずわたしは兄の葬儀に駆けつけた。

兄は軍艦で被弾した。膝の骨が砕け、傷痍《しょうい》軍人となった。野戦病院のようなところで荒っぽい手術をうけたからなのだろう。適切な手術だったら治るだろう膝はまったく曲がらなくなっていた。

葬儀は寂しいものだった。残された兄弟たちで兄が好きだった、終戦まで沈没せずに残り奇跡の駆逐艦といわれた「雪風《ゆきかぜ》」の精巧なモデルを柩《ひつぎ》の中に入れた。兄のひ孫たちはぬいぐるみの人形を花と一緒にたくさん柩の中に入れた。

斎場まで車で行ったのだが、帰りにあちこちでクルマの行列を見た。それらはみんなガソリンスタンドに並ぶクルマであることに初めて気がついた。震災の影響がもうこんなかたちであらわれているのだ、ということに驚いた。

パスポートを取得するには申請して一週間はその地に住んでいなければならない、というトリキメがあるのを知って、それなら全員で沖縄のどこかで静かにそれまで待とう、というプランになった。さらに状況次第でこれを契機に母親と三人の子供がそのまま那覇からアメリカに戻る、ということも計画のうちに入った。

沖縄には何人か頼れる友人がいたが、まず一番親しいカメラマンの垂見健吾《たるみけんご》に電話した。かれは携帯電話ですぐにつかまる。わたしがかれに教えてもらいたかったのは男女子供入れて六人ほどが静かに泊まれる宿だった。

「あいさー。それならリゾートホテルがいいね。いまはシーズンオフでどこも安いさあ。親しいのがやっているところがあるから聞いてみましょうね」

相変わらずかれは心やさしく親切な男だった。

「そうだ。それと那覇に知り合いのレンタカー屋さんはないかね」

わたしは聞いた。

「ありますよ。いっぱい。それも友達がやっているところだからいつでも紹介できるよ」

友人というのはいいものだ。

わたしは三匹のチビとそのおかあさん、そしてわたしの妻の一行で那覇に飛んだ。海ちゃんの幼稚園の卒園式まで待っていたので、原発事故がおきてから一週間はたっていた。那覇に着いたのはもう夕方遅い時間だったので、わたしが沖縄で仕事があるたびに泊まる市内の清潔なビジネスホテルに飛び込みで泊まった。

夕食は、これも沖縄に来るたびにかならず顔をだす「うりずん」という居酒屋にした。小さな子供を連れて居酒屋というのもどうかと思ったが電話をすると小部屋があるから、というのでそのへんのめぐりあわせもラッキーだった。

その居酒屋は沖縄の家庭料理をいろいろ食べさせてくれるところで小さい子供にも食べられる変わった沖縄料理がいっぱいあった。

わたしの妻も小さな子供たちのおかあさんもみんなはじめての沖縄居酒屋だったが、二人ともお酒は飲まないのでもっぱら子供たちと同じものを食べていた。

ポピュラーな料理はチャンプルーだ。いろんな種類があるが、チャンプルーは豆腐が入らないとチャンプルーとは言わない。

チビたちはみんなめん類が好きなので「ソーミンチャンプルー」をまず頼んであげた。琉太くんは「めんめん」と言えるようになっている。めん類ならとにかく好物だ。それから「ジューシー」を注文した。これは沖縄風の炊き込みごはんで、これを嫌いという人はまずいない。

「ドゥルワカシ（煮物）」「ドゥルテン（コロッケの一種）」は沖縄芋からつくったもので子供にあいそうだった。

それから珍しい「アーサ汁」。青海苔のスープのようなものだ。みんな東京にはないものなので、あるものはおっかなびっくり、あるものは興味深げに食べていた。

店主の土屋さんが「シーナさんが家族みんな連れて沖縄旅行なんてめずらしいね」といつものやわらかい笑顔で聞くので、わたしはざっとわけを話した。

状況によっては小さな孫たちはこれでアメリカに帰ってしまうかも知れない、という可能性などについても話した。そのために明日、一番下の子のパスポートを申請する、という話なども。

「それはたいへんなことだね。それならわたしのところでクルマが一台余計なのがあるから、それを使ったらいい。パスポートの申請なんかするなら官庁はいろいろややこしいところにあるから那覇にくわしい運転手つきで貸しますよ。便利なように役だててくれればいいさあ」

沖縄の人はどの人もみんな限りなく親切だった。

そのうちに風太君が沖縄の三線《さんしん》（蛇皮線《じゃびせん》）に興味をもった。風太君がじっと見ていると酔客の一人に「そこのぼうやこっちきて弾いてごらん。簡単さあ」と言われ、風太君は一人でその南国の酔客親爺《おやじ》集団のなかに入っていった。すぐに三線をもたされ、基本的なそれの弾き方を習っている。わたしは風太君がかれにとっては異国といっていいくらいのこういうところでまるで屈託なく他人に馴染んでいるのを見て少々驚いていた。それも思いがけない「嬉しさ」のまじった驚きである。

「いい筋しているからね。もっと習ったら沖縄民謡なんてなんでもこいだよおう」

風太君はおじさんたちみんなに拍手され、いささか上気した顔で得意そうに戻ってきた。

三月のつめたい海風

翌日、約束の時間に「うりずん」の土屋さんのところのいかにも親切そうな初老の運転手さんがホテルまで迎えにきてくれた。

那覇はよく晴れていて、三月なのに汗ばむほどだった。わたしと妻、風太君と海ちゃん、小さな琉太くん、それにかれらのおかあさんが乗ってもたっぷりしている大きな乗用車だった。

「では最初にどこに行きましょうねえ」

沖縄の人の口調は誰もみんな優しい。

最初に絶対行くべきところがあった。琉太くんのパスポートを申請するための役所だ。そのことは前日に「うりずん」の土屋さんに話をしたのだが土屋さんはちゃんと覚えていてくれて、運転手さんにも伝わっていた。

「やはりそういうことは早いうちにやってしまったほうがいいからねえ」

運転手さんはさっきと同じイントネーションでそう言った。地元の人とあって素早く旅券申請の役所に連れていってくれた。

申請のためのいろいろ細かい手続きがあるだろうからわたしが琉太くんをダッコして、琉太くんのおかあさんがいろいろな手続きをすることにした。パスポートの申請所は思ったとおりすいていて先客は一人しかいなかった。

順番としてまず、琉太くんの顔写真を撮ることになった。あまり品物が置いていない売店の横に写真を撮るコーナーがあった。係の人は売店も兼任しているおばちゃんで「あい。それでは誰を撮りましょうね」と笑いながらやってきた。売店にはしばらく客はこないようだ。「このぼうやをお願いします」

わたしは両腕の中の琉太くんの背中を叩《たた》きながら言った。

「あい。では座らせるのに少しがまんしてもらいましょうねえ」

売店のおばさんは慣れた様子で通常の椅子の上にだいぶ高いクッションのようなものを置いた。琉太くんをその上に座らせる。

琉太くんは今朝はかなり機嫌がいいので、そういうふうに一人で椅子に置いてもなにも言わずに笑っている。

「あい。そのまま、いいお顔で撮りましょね」

売店のおばさんはなかなか手際がよかった。

撮影は問題なくおわり、次の申請書類を書くコーナーに行った。

「沖縄はいいですねえ。アメリカだと子供は床に寝かせて上から撮るんです。死体みたいに」

琉太くんのおかあさんは低い声でそう言った。それからわたしと琉太くんはだだっぴろくて誰もいない待合室で二人して待った。母親はあちこちのコーナーに行って必要な書類作りをしている。

「いい子で写真撮れたねえ」

わたしは琉太くんにそう言ったがかれにはなんだかわからない。

この子の名付け親はわたしだった。生まれて間もないときに琉太くんの父親から相談されたのだ。風の吹き抜けるサンフランシスコで生まれた長男は「風」。長女は、そこが海に囲まれた半島だったので「海」。

三人目は日本で生まれた。兄と姉の名のなかに繋《つな》がるような名前がいい。わたしはまずそう考えた。

「風」と「海」。

両方に繋がる言葉は「流れる」だろう。

「流」。それだけではなんだかありふれているので「琉球」の「琉」を紙に書いた。

「いいね」

かれらの父親と母親はすぐに賛成し「琉」に決まった。その段階では、その土地である「琉球」とはあまり密接には思いを繋げていなかった。けれど運命というのは不思議なものである。生まれて二歳で、その「琉球」でかれは人生最初の重要な個人証明書である「パスポート」を交付してもらうことになったのだ。

あまりクルマのやってこない道の端にわたしたちの乗せてもらっているクルマが待っていた。今日はいい天気だが、やはりまだ三月である。パスポートは申請してから一週間はその土地に住んでいないと交付されないので、かれらがこのままサンフランシスコに戻ろうが、国内滞在を続けようが、これから最低一週間はこの地にいることになる。

運転手さんの言うことには、我々が向かうところは沖縄の風の強い海岸べりになり、今の季節は日によって冷たい西風が吹くので、もう少し暖かい衣服を用意していったほうがいい、という。そういえばサンフランシスコに向かうにしても予備の衣服はもっと必要だった。大慌てで東京から出てきてしまったので、都会の那覇にいるうちにそういうものを買っていくことになった。今度はわたしと風太君がクルマに残り、親子三人とわたしの妻がそういうものを買いに行った。

最低でも三十分はかかると思ったので、わたしは風太君と外に出て近くの小さな公園に行った。風太君は相変わらず植物に興味があり、沖縄のめずらしい木をあちこち眺めている。

わたしと風太君が入っていった公園にはひときわ大きなガジュマルの木があった。内地にはない、根が沢山露出した、今にも歩きだしそうな、南国独特の木であった。

「あれは何の木？」

当然風太君はわたしに聞く。

「ガジュマルというんだよ。夜になるとこの公園を歩きだすんだ」

「そんなの嘘《うそ》に決まってるよ」

「でも見てみないとわからないよ」

「ありえないよ。じいじいはやっぱり頭がおかしいんじゃない」

「沖縄には面白い木がほかにも沢山あるんだよ。このガジュマルの大きな木にはキジムナーという沖縄のドラえもんのようなのがいて、いろいろ面白いことをする、と言われているよ」

わたしの沖縄訪問歴は長かった。仕事のためだったが十日間かけて沖縄を海岸沿いに一周したこともある。

「これから行くところにも沢山の木がある。主に椰子《やし》の木が多いけれどね」

「ああパームツリー?」

そういえばかれの好きなゴールデンゲートブリッジ横の広大な公園には、いつも海からの強い風に踊っているようないろんな種類の椰子の木があった。

「そうだね。沖縄は日本の一番南の外れにある。だから南国なんだよ」

「ナンゴク?」

「そう。もっと南にいくと外国になってしまう」

「ふーん。そうなんだ」

風太君がその言葉を言って思い出した。

「そうだ。君の好きな雑誌は?『そーなんだ!』などは持ってきたかい」

「万里の長城が出ているのを持ってきた」

「そうか。案外長くここにいるかもしれないし、これから行くところは本屋さんがない場所になるから、もう少し本か雑誌を買っていったほうがいい」

わたしは、今それを思い出してよかった、と思った。幸い大通りに近い横道にクルマが止めてあったので運転手さんに、

「我々もちょっと本屋に行ってきます」

とことわって早足で大通りにむかった。書店はわたしの記憶どおりのところにあった。沢山の本があるとかれは大いに迷うので、見当をつけて「図鑑」の置いてある棚に行った。かれは何にしても図鑑を見るのが好きだ。ちょうどおあつらえ向きの『沖縄の生物図鑑』と『植物図鑑』が見つかった。

衣服の買い物チームが帰ってくる頃なので、再び足早にクルマに戻るとやはりもう戻っていて、海ちゃんと琉太くんはアイスクリームをたべていた。風太君のも買ってあった。本州では見たことのない赤っぽい不思議な色をしている。「紅イモアイス」だった。「ストロベリーにするか迷ってたらお店のおねえさんにこれがいいって言われた」

海ちゃんが口のまわりをベトベトに染めて大手柄のようにして教えてくれた。琉太くんなどは紅いろ仮面のような顔をしている。

クルマをベトベトにしてはいけないので、全員外ですっかり食べてから出発することにした。初老の運転手さんはニコニコしてそのありさまを見ている。

一段落して、クルマは快適にまた走り出した。しばらく繁華街の真ん中の道を行く。数年前にできたモノレールと出会った。三人の子供たちは興奮して振り返っている。そこからしばらくいくと高速道路に入った。渋滞がないから、クルマのここちいい振動によって、それまでたいへんうるさかった三匹のかいじゅうたちはやがてすやすやとお眠りになった。気がつくと妻も、チビたちのおかあさんもうつらうつらしている。長い旅でさすがにくたびれたのだろう。そしてとりわけかれらのおかあさんは、琉太くんのパスポート申請がなんの滞りもなく受理されたので安心している顔だった。

助手席にいるわたしは運転手さんに頼んでNHKラジオをつけて貰《もら》った。思ったとおり原発事故に関するニュースをやっている。しばらく聞いているうちに、事態は一向に収束とはほど遠いところにいっている、ということがわかってきた。

解説者が言う言葉のうち半分ぐらいが知らないものなので、それがどのくらい深刻なことなのかよくわからない。「爆発」という言葉が出てドキッとした。あとになって半ば流行語のようになった「それでもただちに人体に影響のない数値です」という言葉も、そのクルマの移動中に何度も聞いた。

高速道路はずっとすいたままで、左右の木々が強い太陽に光っている。ところどころに本土にはないような看板がある。

「米軍演習の流れ弾に注意してください」

ひどい看板があったものだ。

「落石注意」よりも無責任だ。注意と言われてもどう注意していいかわからない。

以前沖縄を一周したとき、米軍の基地によって沖縄の人びとの生活が根本のところからないがしろにされている現実をいたるところで見た。

一時間ほどで高速道路を降りて一般道に入り、やがて海沿いの道になった。ここをずっといくと、道端にいきなり沖縄そばの店が二店ほどあって、そのうちのひとつ「前田食堂」の沖縄そばとモヤシチャンプルーがわたしの大好物なのだったが、味が強烈すぎて子供たちにはあきらかに無理だった。むなしくその前をとおりすぎる。左側に南の海が白く光ってひろがっていた。最初に起きたのが風太君だった。

「ねえ。海だよ。海が広がっている」

「あと一時間ぐらいで到着しますよ」

運転手さんが柔らかい声で言った。それをシオにじょじょに大人も子供も起きてきた。琉太くんはおかあさんのおっぱいをせがんでいる。

海ちゃんにはアセロラジュースがあった。

「さあ、みんなお腹《なか》がすいたでしょう。ホテルに行く途中で沖縄そばでも食べていくかい」

そこから先にそういう店があるかどうかわからなかったがわたしは聞いた。寝起きのためかあまり積極的な声はなかった。

ではこのまま目的のリゾートホテルに行くのでいいな、と思った。

そこで親切な運転手さんと別れた。チビたちが全員力をこめて手を振っていた。

垂見さんからの連絡がきちんとできているようで、わたしたちは広大なホテルの敷地の南国的な庭にある、ゆったり使えるような民家ふうの家に案内された。ふたつの家族が大きな扉を開閉するだけで、それぞれ独立したり、一緒になったりして広く使うことができる。

お昼をだいぶすぎていたが、子供たちは空腹を忘れたかのように部屋の中や庭を走り回っている。起きてから寝るまでミニカーをはなさない琉太くんが、東京から持ってきた十台ほどのミニカーの基地を早速作っている。

わたしは部屋のテレビをつけた。ＮＨＫはずっと通して原発事故関係のニュースをやっているようで、巨大な建物から不穏な白い煙とも蒸気ともつかないものが望遠レンズ独特の揺れる映像でずっと映っている。アナウンサーと解説者が、さっきクルマのなかで聞いていたようなことをまた繰り返して言っていた。

時間は二時半になっていた。

これから食事に行くと夕飯が曖昧になる。

「大丈夫です。かれらの好きなマフィンや、沖縄にきたら絶対おいしいという、昨夜食べたジューシーというのでしたっけ、あれを買ってきたのでそれで少しごまかしておきます」

かれらのおかあさんが明るい顔で言った。

このおかあさんはどんなときでもモノに動じず明るい態度を貫いている。それによって子供たちの精神はきちんと安定しているようだった。わたしは明日からの迅速な行動のために、ホテルに頼んで近くのレンタカー屋に行き、まずは一週間、あまり乗りなれないファミリー用のワンボックスカーを借りることにした。

海岸べりのそのリゾートホテルはコテージを主体にしているので、子供たちはクルマなど心配することなく、自由に芝生の広場のようになった敷地で遊ぶことができた。けれど運転手さんが言っていたように三月の沖縄は西風が吹いて案外寒く、海岸でリゾート気分、というようなものとはほど遠かった。客も少なく、いくつかあるレストランも休んでいるところがあるので、ホテル案内には賑《にぎ》やかにいろんなレストランやサービス施設などのガイドが並んでいるけれど、結局食事ができるところは三箇所しかあいてなかった。そのうちの一軒はステーキハウスで家族連れには不向きだったから、残りはふたつ。どちらも朝昼、いわゆるバイキング形式だった。

けれど子供たちはそれを喜んでいた。はじめて目にする沖縄料理などがいろいろあったからだ。相変わらずジューシーが人気だった。沖縄式のモズクの入ったおかゆもおいしい。麩《ふ》チャンプルーは、それが何なのか正体がわからずみんなで当てっこをしたが、わたしは知っていたので黙っていた。結局誰にもわからなかった。

天候は曇りが続いていた。わたしは仕事をいっぱい持ってきていたので、部屋に戻るとすぐに原稿用紙を広げた。テレビはニュースをかなり長い時間やっていた。子供たちには見せないようにしていたが、風太君などはなにかとても心配な事件がおきている、ということを敏感に察知しているようだった。

状況は相変わらずだった。同じ映像が繰り返し使われ、政府のスポークスマンやテレビ局の解説委員が「ただちに人体に影響をおよぼすものではない」ということを半ば口癖のようにして言っていたが、いつも明確な実態はわからないままだった。

着いて三日ほどは海岸に行ったり、南国の樹木の生えている広場で遊んだりしていたが、だんだんそれも飽きてきたので子供たちをレンタカーに乗せて、近くのなにか珍しそうな場所を探しに出たりした。けれど付近の詳しい状況を知らないままクルマを走らせても、大人と違って子供たちは風景を楽しむということはしないから、移動していくクルマのなかで三人が好きなように騒いでいる、という状況に変わりはなかった。

シーズンオフのリゾートホテルのバイキング形式で並ぶ料理は結局毎日同じで、だんだん飽きてくる。子供たちも自分の好きなものを毎日食べるだけで、気分はブロイラー化していった。あたらしい発見は琉太くんがえらく肉好き、ということだった。いかにも幼児むけのお子様ランチ風のものには目もくれず、肉料理の肉を小さく切ったものを嬉《うれ》しそうに食べるので、やがて「肉ぼうず」というあだ名がついた。海ちゃんはやや偏食気味で母親をいつも困らせていた。

昼食後はわたしの妻と風太君は広い庭園を歩いて沖縄の珍しい樹木や花などを眺めに行くことが多かった。琉太くんは家から持ってきたおもちゃの自動車で遊び、海ちゃんは人形で遊んでいた。一時間に一回ぐらいはそれぞれ自分の好きなことをしている筈《はず》の三人がなにかつまらないことでぶつかりあい、大騒ぎになる。私設の保育園のような状態だった。

東京に残って会社に毎日通っているかれらの父親からは一日に三回は電話がかかってきた。状況によってはここからアメリカに戻るということもありえたから、わたしたちが毎日どんな状態になっているか心配で仕方がないという気配だった。

四日目にようやく薄日がさしてきたので、わたしは三人のチビをつれて海岸に出た。

西風もおさまっていたので、そうしたければ海に入っていいよ、とわたしが言うと三人はヨロコビの声をあげて波の打ちつける海に入っていった。といっても膝から下ぐらいのところを動き回っているくらいだ。とはいえ琉太くんは常に目が離せないので、海遊びはなかなか気を使う時間だった。

大人も子供たちも結局毎日同じような時間の繰り返しに、おそらく精神的な閉塞感をもってきたようなので、わたしはレンタカーでそこから二時間ほどのところにある、かつて海洋博が行われたあとの大規模な海洋博公園に行った。

そこには大きな水族館があり、大きな広場もあったから、一日かけて三匹のかいじゅうたちをゆっくり遊ばせることができそうだった。

でもちょうど週末になっていたので、水族館は大混雑だった。しかも中は暗く、常に大勢の人が動き回っているので一番の心配は迷子にさせてしまうことだった。

そこでわたしの妻が風太君を、海ちゃんはおかあさんが、琉太くんは自分の背丈では結局何も見えないので、ずっとわたしが抱いていくマンツーマン態勢をとった。

この水族館には南海の巨大な魚が数多くいるので、こういうものに絶大な興味がある風太君は目を見張っていた。とくに鮫《さめ》がたくさんいる巨大水槽の前にくるとガラスにへばりついて機関銃のように沢山の質問をわたしの妻に投げかけていたらしいが、植物についてはやたら詳しい彼女も海とその生き物については何もわからず、結局風太君と同じように目を見張っていることの連続だったらしい。

水族館の中は暑く、いささか厚着をしてきてしまったわたしは、一時間も琉太くんを抱いて歩いていると全身汗だらけになってしまった。

いやはや難行。

ようやく外に出ると太陽が完全に雲から顔を出し、沖縄に来て一番暑い日になっていることを知った。

食堂は満員なので、大きな広場のベンチを本拠地にして、わたしの妻とかれらのおかあさんがあちこちの売店からヤキソバや沖縄でもっともポピュラーなサーターアンダギーというまん丸ドーナツのようなものを買ってきて、それがお昼ごはんとなったが、小さな子らはそういうものがかえって楽しかったようで、ようやくその日いちばんゆっくりした時間をもてることになった。

リゾートホテルに来て八日目に三人の子供たちの父親がやってきた。テレビのニュースを毎日見て知ってはいたが、原発の事故は先の見えない、相変わらずの不安な状況が続いていた。東京にいるあいだに父親はサンフランシスコの知り合いと頻繁に連絡をとっていたが、日本の巨大事故はアメリカの西海岸に住む人たちからかなり警戒の目で見られるようになっており、アメリカ人の対日感情が極端に悪くなっているようだ、という話をしていた。明日どうなるかわからない家族だったが、久しぶりにかれらのファミリーが揃《そろ》ったので、わたしと妻は一足先に東京に戻ることにした。琉太くんのパスポートはもう交付されるようになっているようだった。

鼻まがり事件

わたしにとっての三匹のかいじゅうたちは、帰国四年目の春を迎えて、それぞれに成長したようだ。一家はアメリカに戻る作戦を中断し、本格的に腰をすえて、東京で暮らすことになった。

その春、風太君は二年生になった。同時に海ちゃんもひとつ上のクラスに進級。風太君のときは、ときおりわたしが幼稚園まで送っていく役になって、それなりに楽しかったが、海ちゃんはおかあさんか、わたしの妻と一緒に行くほうがいいらしく、わたしの役目はあっけなく終わってしまった。でも朝から激しい雨などが降っているときは、福島原発にからむ放射能がどういうかたちになって空から降りそそいでくるのかわからないから、わたしがかれらの家に行って、一番下の琉太くんの面倒を見るのが役目となった。

そうでないと小さな子供が二人、雨ガッパに傘をさして、雨水を容赦なくはねちらしていくクルマの通る道を行かねばならないのだ。

日本の道路・交通行政はめちゃくちゃではないか、とそういう光景を見るたびに思う。三十キロ制限の住宅地の道をその倍の六十キロぐらいのスピードで鉄のクルマが突っ走っていくのだ。しかも道は極端に狭く、そこを左右ギリギリの状態で二台のクルマがすれ違っていく。せめて住宅地の中の細い道は全部一方通行にすべきではないか、とわたしは前から思っていた。

一方通行にすると住んでいる人の苦情がくるから、などという理由で世界でも珍しいサーカスじみたすれ違い道路が網の目のように広がっている。

クルマはエンジンの力で道の迂回《うかい》など造作もないのだからクルマの都合などを第一義に考える必要はないだろうに。

小さい子供を身近に持つようになって、わたしはますます怒れるじいちゃんになっている。公園にブランコは本当に必要なのか、ということは、わたしが自分の子供を育てている頃に強く感じたことだった。周りに柵のないブランコで年かさの子供が激しい乗り方をしているその場所にむかって走っていったまだ幼い頃のわたしの息子がいた。あの激しく空中を前後するブランコの板が息子の顔めがけて飛んできて、かれは前歯を二本も折られてしまった。いまわたしの前でウロチョロしている琉太くんぐらいの年齢だった。

わたしはそのときの怒りをまだ忘れてはいない。大人たちは誰もそれに対する責任をとらなかったからだ。行政もしらんぷりだった。後にわたしが作家になって、ある新聞で自分の街のルポをしたとき「公立の公園にブランコを設置する理由はなんですか」と、そういう施設を担当する市の役人に取材したことがあった。例によって部署をタライ回しにされ、結局うやむやにされてしまった。

役人たちは税金で公園を作るとき、「とにかく公園だから」という、よくわからない理由で、慣例にしたがってブランコを作っているだけのようだ、ということがそのときよくわかった。頭でも打ったら簡単に死ぬこともあるような物を役人たちは「何も考えずに」子供たちの前に無作為に作っている、というのが実情なのだった。


近所にある通称「ぞうさん公園」は、高さがせいぜい三、四メートルの樹木が数本、それを囲むように各種の草花が垣根状に植えられているテニスコートぐらいの質素な公園だ。ここにある遊具は鉄棒と砂場と小さなジャングルジムに、コンクリートでできた滑り台だけで、あとは平らな広場になっている。

コンクリート製の滑り台には二つの滑降面があってそのひとつがくねってまがってい

る。それが象の鼻のように見えるので、近所の人がいつしかそこを「ぞうさん公園」と呼ぶようになったらしい。

天気のいい日でわたしに差し迫った原稿締め切りなどがないとき、わたしはかれらのマンションに行って、琉太くんを誘いだす。

風太君も海ちゃんもいないから琉太くんはおかあさんを独り占めにできる時間だが、じいちゃんとしては外でも遊ばせたい。おかあさんは午後二時には海ちゃんのお迎えがあったから、わたしには暇つぶしとなり、おかあさんは家事に集中できる時間になるから、双方で都合がよかった。

琉太くんは、「どうして男の子はきまってこうなのだろう?」と思わせるくらいめちゃくちゃな「自動車好き」で、まあ互いに通じる言葉としては「りゅうくん、ブーブを見にいこう」だ。

琉太くんはその頃からなぜか自分のことを「あっくん」と言うようになり、わたしのことは「くんくん」と呼ぶようになっていた。理由はいまだにわからない。

だから、「あっくん、ブーブを見にいって、それからぞうさん公園に行こう」というのが、わたしのいつもの誘い文句となった。

この二つの言葉があればたいてい「あっくん」はいそいそと外にでる態勢になる。

「帽子をかぶっていくのよ」

おかあさんが言う。わたしの妻が買ってあげた野球帽をあっくんは気にいっているのだが、ツバが長くてまっすぐかぶると前が見えにくいらしく、自分でツバを横っちょにしてかぶる。七分丈のズボンなどはいているとなんだか生意気なラップ小僧のように見えておかしい。

外にでるとたちまち走ってくるクルマの話になる。いろいろ買ってもらったミニカーで知識も増えている。あっくんにはとびきり好きなクルマの種類があって、一番はピーポーピーポー。パトカーや救急車だ。二番目がゴミ収集車で、三番目がクロネコヤマト。これは「にゃんにゃブーブ」と本人は言っている。めったに通らないが、ミキサー車がくるとコーフンしてついつい声が大きくなってしまう。これは「工事ブーブ」だ。セダンは色で区別し、赤ブーブとか白ブーブとわりあい平凡な扱いだ。

ぞうさん公園に行くあいだの五分ぐらいがこのブーブ観察時間で、公園に着くとまず最初に砂場に行く。近頃の都会の公園の砂場は猫や犬が糞《ふん》をしないように網で防御されているから、その上を歩くと必ず網目に靴がひっかかって倒れてしまう。でもあっくんはしぶとく起き上がって歩き回る。それから砂いじりだ。風がない日は好きなようにやらせておく。次はジャングルジムで、これはまだ高くて一段も登れず、下を歩き回っているだけだから危険はない。でも滑り台の垂直の鉄梯子《てつばしご》はどんどん登ってしまうので気が気ではない。五、六回滑るとあとは花壇のところに行って虫や蝶《ちょう》などを見て「ムームー」と遊ぶ。

「おっきいムームないよ」

「そうだね。おっきいムームいないねえ」

「小さいムームいたよ」

「そうだね。あれは小さいムームだねえ」

二歳の幼児とおじいちゃんはこうして立派に会話し、通じ合っている。

ある日差しのここちいい日、わたしよりもずっと年齢のいっているみるからにおじいさんが声をかけてきた。

「お孫さんですか？」

その人はおだやかな口調で言った。

「ええ。三匹いる一番下なんです」

「そうですか。孫というのは神サマみたいなものですよねえ」

さわさわと、本当にここちのいい風の吹いてくる春そのものの午後だった。

そうか。そうだよなあ。神サマみたいなものだよなあ。

わたしは今の言葉を噛《か》みしめる。目の前でその神サマがなんだか神妙な顔をしている。これはなにかの合図の顔だ。

そうだ。ウンチをしている顔だ。

一段落したらしいウンチしちゃった神サマを抱えて、わたしは家にむかった。

妻は外出していていないので、この始末はわたしがやる。わたしの家にもかれのおむつセットが常備されており、すでにわたしは何度かおむつ交換はしていたから造作もないことだ。

もっと小さな頃は、おむつ替えのときに足をバタバタさせて暴れたりしたが、最近はわかってきて神サマはおとなしくわたしに身をまかせてくれる。

それから、わたしの家に置いてあるかれの一番好きなミニカーでしばらく一人遊びをさせる。四時をすぎるとしだいに眠そうなそぶりをみせるので、わたしは「そろそろネンネだね」とちゃんと宣言する。

このくらいの幼児の寝かせかたは人によっていろいろやり方が違う、ということをわたしはいつのまにか学んでいたし、寝かしつけられる当人もそれがわかっているようだった。

おかあさんの場合はおっぱいに顔をくっつけて気持ちよく寝てしまうか、添い寝だ。

わたしの妻は「おんぶ」と「眠り歌」だ。わたしは自分の仕事部屋のベッドに連れていって、そこで寝かせる。わたしの仕事部屋は三階にあるので外からのスピーカー騒音、たとえば「家電製品などの不用品回収業者」には常識外の大音量でやってくるのがあるから要注意なのだ。

わたしはウンチを拭いてもらってきれいになった神サマを抱いてベッドの上で仰向けになる。つまり神サマをわたしのお腹《なか》の上にのせる。それから神サマのお尻のあたりをポンポンポンと軽く叩《たた》いて、デタラメな眠り歌を歌う。

公園で遊んで疲れているからなのかこれは不思議と効き目があって、早いときは五分ぐらいでもう寝息をたてている。それでも十分寝入るまでさらに五分ぐらい待って、それからわたしのベッドに仰向けにして寝かせ、その上に薄くて軽い布団をかけてあげる。そのベッドを正面から見るような位置にわたしの仕事机があるので、あとはゆっくり自分の原稿仕事に再突入する。

外出のない日の、これがわたしの「黄金」の午後であり、その時間配分だ。

大体二時間ぐらいは眠っている。目が覚めると空中に両手をあげてわらわら動かし、ときに一人遊びをしているようなことがあり、そのため起きたのをしばらく気がつかずにいることがある。

水がほしいか聞く。たいていコックリうなずくのでコップに水をいれてあげる。それからしばらくボーッとしている。食事時間のことを考えて、さらに少したってからかれのマンションに連れていく。風が冷たくなっていたら、わたしのシャツなどでかれの体を覆い、ラップ調にかぶる帽子と靴を忘れないようにして、抱っこしたまま家に戻すようにしている。

もう夕方の時間だから風太君も海ちゃんも帰ってきていて、いつものとおりの大騒ぎになっている。風太君はお正月に買ってもらったかなり変化のある二種類の積み木をつかって、この頃かれの凝っている中世のヨーロッパのお城を作っていることが多い。城門があってイクサの見張り用の尖塔《せんとう》がある。最近は『そーなんだ！』のほかに『世界の城』や『海底の石の城』『古代遺跡』などという本に熱中していて、毎回いろんな城づくりに余念がない。

海ちゃんはボール紙でキキちゃんの家を作っている。キキちゃんはアメリカにいた頃からずっと海ちゃんのいちばんの友達のぬいぐるみの女の子で髪の毛が一本しか残っていなかったので少し前にわたしの妻がキキちゃんの頭に茶色い毛糸を沢山縫い付けてもとのようなふさふさの髪にした。植毛というやつだ。同時に端切れをつかってキキちゃんの洋服を各種作ったので、海ちゃんはそのおかあさん役としてたいへん忙しくなった。

その二人が別々に遊んでいるなかに「あっくん」が帰ってくると風太君も海ちゃんも「りゅうはこっちにきちゃだめ！」と叫ぶ。互いに自分の城が琉太くんに壊されるのを警戒しているのだ。いままでは、琉太くんは琉太くんで自分のたくさんのミニカー、ブーブたちの車庫を作ったり走行道路を作る用があるからそんなに大袈裟《おおげさ》に警戒することもなかったのだが、つい最近おとうさんにハイテクの室内用三輪車を買ってもらった。プラスチック製なので軽くペダルをこぐだけで凄《すご》い速さですすむ。壁にぶつかりそうになると警笛をならして素早く回転して戻ってくる。琉太くんは大得意で、これが時々暴走して、風太君の城やキキちゃんの「お家」に飛び込んでしまったりする。そういう暴走を防ぐためにお兄ちゃんもお姉ちゃんも「暴走ぼうず」を牽制《けんせい》しておく必要があるのだろう。

三人の育ちかたを見ているとどうも一番下のこの琉太くんがいちばん「きかんぼう」のようだ。それにだんぜん「突撃タイプ」だ。

もっとも海ちゃんも突撃してくる。この頃はわたしが座っていると海ちゃんがいきなり突進してくることが多くなった。それも何度も何度もだ。小さい女の子だけれど全力でぶつかってくるからけっこう痛い。

「海ちゃんいったいなんなの、これ？」

と聞くと、

「津波だよ」

と、教えてくれた。いま幼稚園ではやっているらしい。その年の大震災はこんな小さな子たちにこんなかたちで影響を残しているのか、と知ってしばらく愕然《がくぜん》とする思いだった。


五月の土曜日、お昼すぎに風太君から電話があった。かれはわたしの家の電話番号を覚えてしまっている。

いつになく慌てた声だった。

「じいじい、たいへんだ。琉の鼻がまがってしまったんだよ！」

「えっ！　なんだって」

わたしは仰天した。風太君がそんなことをふざけて電話してくるわけはない。

「いますぐそっちへ行く」

わたしは受話器を置いてすぐに自宅をとび出ると駆けた。息せききってかれらのマンションに行った。走りながらいったい何がどうしてそんなことになったのか考えたがまるで見当がつかなかった。鼻がまがってしまったって、それはどういうことなのだろう。

かれらの部屋に入るとけたたましい琉太くんの泣き声がきこえた。やはり只事《ただごと》ではない。琉太くんは座ったおかあさんに抱かれて泣き叫んでいた。わたしは泣きながら上にあげた琉太くんの顔をよく見た。泣いて歪《ゆが》んでいる顔だったけれど、鼻がまがっているようには見えない。

「どうしたの？」

「もうだいじょうぶよ、りゅう！」

おかあさんも動転しているようで声が裏返っていた。

「机の上から落ちたようなんです。見ていなかったのではっきりとはわからないのですが、その前に机の上に乗ろうとしていたのを見ていたのできっとそうだと」

「どこを傷めた」

「腕のようです。腕がまがってしまって」

わたしは母親にしがみついている琉太くんの体をいくらか強引にひきはがした。そうして正面からよく見た。

琉太くんの右腕の肘から手首にかけて、それとはっきりわかるように湾曲している。

わたしは近くにあるわたしの事務所に連絡して救急車を呼んでもらうように頼んだ。

それから琉太くんの腕にそうっと触れてみた。どこか折れてぶらぶらになっている様子はなかった。でも前腕はたしかに曲がっている。

「あっくん。おゆびを動かしてごらん」

琉太くんの泣き声はさっきよりもいくらか和らいできていた。わたしの言うことがわかったらしく指を動かして見せた。幼児だからキマジメに両手の指を動かして見せてくれた。

「よかった。手のこまかい機能はちゃんとしている」

「落ちたところにこれがあったので、どこにどうぶつかったのか心配で……」

おかあさんが指さすところにバラバラになった風太君の「お城」の残骸があった。その上に落ちたのなら平らな床の上に落ちるよりはいかにも痛そうだ。

わたしはおかあさんに琉太くんが上に羽織れるものを探すように言った。それから健康保険証も忘れずに。琉太くんを抱いてマンションの外に出た。琉太くんはもう泣きやんでいる。

「もう痛くないからね。すぐに治してあげるからね」

琉太くんの腕に触れないように注意した。ダランと垂れ下がっているようではなく、肘のところから曲げることもできそうだった。

問題は骨折しているかどうかだな、と思った。頭は打っていないようだけれど、それはきちんと診てもらわないとわからない。

やっぱりこの子がいちばん「きかんぼう」だという予測はあたってしまった。

待っているときの救急車はなかなか来ない、というのも本当だと思った。でもやってくるのは琉太くんの好きな救急車だ。

「あっくん。もうじきあっくんの好きなピーポーピーポーがくるんだよ。あっくんはこれからそれに乗っていくんだよ」

琉太くんはフーンという顔をしているようだった。腕の痛みはだいぶ遠のいているように思えた。よかった。とりあえず最悪の事態ではないようだ。

やがて、ピーポーピーポーが本当にそういう音を鳴らしながらやってきた。

素早く母子が乗り込み、後部ドアが閉まった。それでもなかなか出発しない。何をしているんだろう。おじいちゃんは気が気ではない。

運転席の窓があいていたので覗《のぞ》きこんで「何をしてるんですか？」と、聞いた。

「様子を聞いてどこの病院が受け入れ可能か聞いているんですよ」

救急隊員は「うるさいじいさんだな」と言わんばかりにきわめて無愛想に言った。心配して聞いているんだからその態度はないだろう。むかしならただじゃおかないぞ、と思ったが状況をわきまえて黙って後ろに下がった。どうか一刻も早く、ちゃんとしたい病院に連れていってほしい。

そう思った。

やがて何を告げることもなく救急車は走り去って行った。あの車のなかであっくんはあの音をどんな気持ちで聞いているのかな、帰ってきたらそれを本人に聞いてみたかったが、その感想を述べるだけの語彙はまだ琉太くんにはないはずだった。

わたしのかたわらに風太君がやっぱり心配そうな顔で立っていた。

「よかったね。そんなに大きな怪我《けが》にはならないようだよ」

わたしは風太君に言った。

「そうか。よかった」

「だけど、君はさっき琉くんの鼻がまがっちゃった、と言っただろう。じいじいはびっくりしたよ。どうして鼻がまがっちゃったなんて言ったんだ？」

「うん。突然だったからぼくもびっくりしちゃったんだよ」

「鼻っていうからね。じいじいも本当にびっくりしたよ」

「ごめん」

「でもおかあさんのかわりに君はじいじいの家にちゃんと落ちついて電話できたんだか

ら偉かったよ。こういうときはだいたい慌てるから大人でも電話番号がすぐには頭にうかばなくなってしまうもんだよ。その点、君はよくやった」

「だって電話の横にじいじいの家って電話番号が書いてあったから……」

「あっそうか。そういうことを書いておくのも大事だよな」

通院シフト

救急車で病院に行った琉太くんのおかあさんから電話があるまでわたしは落ちつかない時間を過ごしていた。風太君は寝ころがって『そーなんだ！　歴史編』を読んでいる。海ちゃんはボール紙でキキちゃんの家づくりの続きだ。最初に寝室を作ったので、いまは台所とトイレとお風呂にとりかかっているらしい。知らないうちにハサミの使い方がうまくなっている。糊《のり》を使うところはセロハンテープやホッチキスで済ませている。なるほど。

「今は小さいおうちだけどがまんするのよ。もうすぐおいしいごはんが作れるようにしてあげるからね」

しきりにキキちゃんにいろんなことを話しかけている。

わたしは仕事のために生物学、とりわけ泥のなかで小さな虫を捕食している両生類についてくわしく書いてある本を読んでいた。しかし病院からの連絡が気になりあまり明確に頭には入らない。

チャイムが鳴り、それっとばかりに玄関にむかったが、半分予期していたように宅配便だった。印鑑を押して玄関のドアを閉める。居間に戻ったところでやっと家の電話が鳴った。今度こそ本格的に「それっ!」だ。

やはり琉太くんのおかあさんからだった。

「どんな具合?」

「いましがた診療が終わって今日はこれで帰宅していい、と言われました」

「で、琉の具合は?」

「腕のまがったのはある程度もどしてもらいました。でもやはり骨折してました」

「そうか」

わたしの「もしや」の期待ははずれた。腕のまがりが戻ればあとは安定するまで注意していればいいぐらいの診断だったら、と甘いことを期待していたのだ。

いま、会計しているところだというのでわたしがクルマで迎えにいくことにした。そのことを告げて、しかしどこの病院にいるのかまだ何も知らないことに気がついた。どうも基本的に慌てている。改めてこちらから携帯電話にかけて病院の名前を聞いた。家からクルマで十分ぐらいのところにあるわりあい大きな私立病院だった。それだったらかれらをそんなに待たせることにはならないだろう。

風太君と海ちゃんに留守番をさせて、わたしは赤いピックアップトラックで病院にむかった。琉太くんに言わせると「じいじのあかブーブ」だ。

病院の正確な位置は知らなかったが、カーナビに入れることもないだろうと、大体のカンで行った。気分的にはカーナビにインプットする時間も惜しかったのだ。幸い見当をつけていた場所にその病院はあった。幹線道路から少し外れて内側に入っていく道がある。わりあい広い道なのでしばらくならクルマをとめておけそうだ。

病院の玄関に足早にいく途中で、むこうに腕を白い大きな三角巾で吊《つ》るした琉太くんとおかあさんの姿が見えた。気のせいか琉太くんの顔は少し恥ずかしそうに見える。

「こらあ、危ないことをしたから痛かったろう」わたしは琉太くんを抱き上げながら言った。

「あっくんピーポーピーポーに乗った」

「そうだね。救急車に乗ってきたんだよねえ」

まずはその日のうちに帰れるのだから、それだけでもよかったと思わねばならないだろう、とわたしは病院にむかう途中で考えなおしていた。

「やっぱり骨折しちゃってるって？」

「ええ。レントゲンの写真見せてもらいました。でもこの子ぐらいの幼児の場合はワカギ骨折といってヒビのようなものが入っているだけで骨が折れるような骨折にはならないそうなんです」

「ワカギ骨折。若い木と書くのかな」

「あっ、それはよく聞かなかったのですが、きっとそんなところだろうと思います」

「そうだな。この歳《とし》ぐらいの子の骨はイカのホネみたいなものだろうからね」

琉太くんは今度はあかブーブに乗れるので嬉《うれ》しそうだった。

「全治どのくらいだって？」

「はっきり言われなかったのですが、とりあえずヒビのところがくっつくまで通院だそうです」

そうか。案外長期戦になるのかもしれないな……わたしはこれからの季節の移り変わりを考えた。クルマのなかでさらに話を聞く。

今日は土曜日なので、明日は家で安静にしていて月曜日にまた病院で診てもらうことになるという。そうして完治するまで通院ということになるようだ。

わたしは頭のなかで自分のスケジュールを思い浮かべた。大丈夫。長い旅行がらみの仕事はしばらくない筈《はず》だった。その間、わたしがクルマで親子の送り迎えをすることになるだろう。どっちにしても大通りを行くようになるので自転車では危ないから、わたしの都合がどうしてもつかないときはタクシーで行くようにしたらいい、とわたしは琉太くんのおかあさんに言った。

それから琉太くんに、こういう痛いことになるのだから、もう絶対に机の上などに登って遊んじゃ駄目だよ、と念をおした。理解したのかどうかわからないが「もうのらない」と琉太くんは言った。ちゃんとそんなことが言えるのでちょっと驚いた。しかし同時にこれでしばらく「ぞうさん公園」に遊びにいくことはできなくなってしまったな、とわたしは密《ひそ》かに落胆していた。連れていけないことはないが、行けば滑り台などで遊びたくなるだろう。梯子《はしご》を登るのが好きになってきているのでそういう我慢をさせるのも可哀相《かわいそう》だ。

かれらの父親がその夜帰ってきて、首から三角巾をぶらさげている琉太くんを見て何を思い、何をどう言ったのかわたしは知らない。その日おきたことをすでに電話でくわしく聞いている筈だが、子煩悩で、心配性のかれのことだから怪我《けが》をした本人よりもショックを受けているんじゃないかな、とわたしはわたしの妻と話していた。

そういうところに本人から電話があった。その日世話になったことのお礼と、これからしばらくの態勢についての相談だった。テレビ局の事業部に所属しているかれは次々にあたらしい仕事に取り組む状態になっている。

「こういうときに——間が悪くてナンなんだけれど、オレ近ぢかエジプトに行かなければならなくなったんだ。まだしばらくは日本にいるけれど、出れば最低二週間は滞在するみたいなんだ」

「大丈夫。心配すんな。しばらくはこっちは長い旅行はないし、琉の病院の送り迎えもこっちでできるから」

「うん。でも仕事にさしつかえないのかな」

「毎日というわけじゃないようなので心配ない。それよりも、今度のことで、あの子が少しは懲りて、あぶなっかしいことは自発的にしない、という気持ちになることを期待したほうがいいよ」

わたしはかれがちょうど琉太くんぐらいの歳の頃に、公園のブランコに突進していって前歯を二本折ってしまったときのことをまた思いだしながら、そう言った。

「うん、さっきまで、琉にわかる言葉でそういうことを話していた。少しはわかったみたいだけれど」

「実はこっちも昼間さんざん言っているので、あまり繰り返して言うと幼児なりになにか反発するかもしれないから、あとは毎日の生活のなかで繰り返して大人が注意していくしかないだろう。本人はいまどうしている？」

「もう痛くもないみたいで、片手を首からつるしながら走り回っているよ。ころぶと怖いからおそろしい風景だけどね」

「右手だからな。食事のときなどしばらく本人は不自由だろうけれど、これで左手の機能が進む、というふうに考えてもいいよ」

お兄ちゃんの風太君は左利きだった。

小さい頃は両手が殆《ほとん》ど同じように機能するようになっている、ということを書いた本を読んだばかりだった。しかしそれは猿の進化についての本であった。だから心配性のかれらの父親には、それが猿の話だ、ということは言わずにいた。

月曜日は八時までにまず病院に行ってその日の診察の申し込み表に名前を記入する、という用件がある。それはかれらの父親が会社に行く途中に病院に寄って記入しておく、ということになった。その日の申し込みの人数によって、診察を受ける時間が決まる、というふうになっているようだった。

だいたい見当をつけて申し込みから一時間後に病院に本人を連れていくことになった。本人は寝るときも腕を首から吊ったままだからはたしてどんな機嫌か気になったが、朝会ってみると普段と変わらないので安心した。心配した熱などもまったく出なかったようだ。ヒビの入っている肘から手首のあいだには軽いギプスの役を果たすプラスチックのカバーのようなものが包帯で巻かれている。

自由になる方の手に救急車のミニカーを握っていた。憧れの救急車に乗ったことが相当嬉しかったらしい。寝るときもそれを離さなかったのだという。なんだかフクザツな気もする話だが、幼児にとってはそういう価値観になるのだろう。

病院は幹線道路から入ってL字型をした裏道に玄関がある。クルマ二台楽にすれちがえる余裕があるので、そこにクルマを止めてわたしが琉太くんを抱き、母親が診察手続きのアレコレをやる、というふうにした。そうでないと年齢のわりには大きな琉太くんを、かれの小柄なおかあさんが抱いて動きまわるのは大変な労働だった。

朝の病院は混雑している。わたしは琉太くんにいろんなことを話しかけながら、母親の手続きの一連がおわるまで待合室で待機していた。母親が戻ってくるとわたしはいったん家に帰る。それから診察が終わる頃に電話をもらって迎えにいく、という段取りになった。

「バイバイ、あっくん。また帰りにあかブーブで迎えに来るからね」

「バイバイ」

琉太くんは握っていた救急車をいったん母親に渡し、自由になる手でかれ流のバイバイをする。手の指を全部ひろげてそれをくるくる回す、というやつだ。

風太君は小学校の通常の授業が終わると、学校の別棟にある「キッズクラブ」というところで夕方まで自由な集団遊びや読書などをするようになっていた。むかしわたしが子育てをしていた頃の「学童クラブ」のようなものかと思ったら、それはそれで別にあるのだという。どうもその区分けがくわしくはわからないが学童クラブよりは入るのも出るのも自由な仕組みになっているようだった。

風太君は、そこで下校までの時間を過ごすのが好きなようで、その理由のひとつに沢山の本を自由に読める、ということがあるようだった。次第に気がついてきたのだが、風太君には小さい頃のわたしの思考や行動と似ているところがあった。わたしはなによりも本好きで、小学校の頃に熱中した本によって、その後の人生がかなり影響されたような自覚がある。

たとえば、学年は風太君よりも上の五年生か六年生の頃だったが、学校の図書室で偶然手にした何冊かの本に衝撃を受け、それが大人になるまで強く影響していた。

スウェン・ヘディンの『さまよえる湖』やジュール・ヴェルヌの『十五少年漂流記』

などだ。子供だったわたしはそのどちらも本当の話だと思っていたが、ヘディンのそれは実際の探検隊の話であり、ヴェルヌのそれは「小説」だった。

わたしは、湖がさまよう、なんてなんと不思議なことよ、と思い、そのタイトルに惹《ひ》かれて手にしたのだが、実際に読んでみるとさまよう湖への興味もさることながら、この世の中に探検家という職業があって、一年も二年もそういう旅をしている、ということに強烈な衝撃を受けたのだ。

探検隊の砂漠の行進やそのしぶとい行動力にも驚いた。探検家というものになりたいな、と子供心にも強く思ったものだ。探検家になってタクラマカン砂漠にある「さまよえる湖＝ロプノール」に行ってみたいと真剣に思った。

『十五少年漂流記』の子供たちだけの冒険にも心が躍った。漂流というものにも憧れたが、これは探検よりも偶発性が強く危険がつきまとう、ということも理解していた。でも離れ島に漂着して、子供らだけで協力しあって二年間も冒険的な生活をするなんて素晴らしいではないか、と思った。

結果的にわたしは大人になってそのふたつの現場に行ってしまった。さまよえる湖は、正式には「日中共同楼蘭《ろうらん》探検隊」というかなり大がかりな組織とそのプランがあって、わたしはその隊員の一人に選ばれたのだ。

『十五少年漂流記』はフィクションだから少年たちが実際に漂着した無人島、というのはモデルとしてしか存在しない。それはヴェルヌの作品の研究家などによって長いあいだマゼラン海峡のハノーバー島だと言われていたが、最近になって本当のモデルはニュージーランド南島の東方約八百キロのところにあるチャタム島ではないか、と唱える研究者が現れ、それを検証するためにわたしはそのふたつの島に実際に行ってしまった。そして正解はまさしくチャタム島だった。

元になるフランス語版の扉に描かれている島の地図と飛行機の窓から見るそのチャタム島はまったく同じだったのだ。十九世紀の頃のヨーロッパ列強は帆船による世界制覇の熾烈《しれつ》な競争をしており、イギリスもフランスもスペインもヨーロッパから太平洋への海路にある国々の詳細な地図の作製に国をあげて力を注いでいた。ヴェルヌはそうした詳細な地図をその当時手にいれて、モデルの島にしたのではないか、というのがわたしたちが実際にそのモデルになったといわれている島々に行って最終的に持った「推論」であった。

まあそんなふうに、わたしのその後の人生に大きくかかわってくる刺激を小学生時代の読書から与えられた、ということを、わたしは風太君の最近の「本好き」な日常から強烈に感じていたのだった。

かれはいまのところ世界の歴史的な城や古墳などの遺跡に興味が集中していて、少し前まで一番行きたいところは「万里の長城」であった。だから雑誌『そーなんだ！』やわざわざ父親から買ってもらった子供向けの『世界の古城図鑑』などを家でじっと読んでいる。しかも子供は覚えるのが早いからコンピューターのグーグルマップなどでどんどん見たい場所に進入していく。

風太君はわたしがもっとずっと若い頃に世界各地への旅をしたことを知っているから、ときどきいろんな質問をしてくる。その日はかれが一番興味を持っている「万里の長城」について行ったことがあるか聞かれた。

シルクロードをずっと旅したことがあるからもちろん行っている。

かれは非常に興味深そうな顔で、

「どうだった？」

と必ず聞く。わたしはそれについても正確に答える。万里の長城といってもゴビ砂漠に近いような辺境の特に荒れたエリアの話をしてあげた。

そんな興味を募らせているときに、自分の父親がエジプトに行くことになったから、いまはエジプトのピラミッドやスフィンクスなどに熱い興味を抱いている。すでにグーグルマップでピラミッドはエジプトだけではなくて世界各地にあるんだ、ということをつきとめていた。だからいきなり「じいじい、メロエにもピラミッドがあるんだよ。行ったことある？」などとわたしに聞いてくる。

「どこにあるのそのピラミッド？」

「スーダンだよ。それから実はローマにもピラミッドがあったんだ」

わたしは風太君から、そういう世界中にあるピラミッド型の古墳のあれこれをものすごいスピードで教えられたりするのだった。


琉太くんの病院通いはけっこう長引いていた。小さい子は成長力がすごいからワカギ骨折などはたちまち治ってしまいますよ、と病院の待合室にいるときに、治療にきていた老人に言われたことがある。その日の診察が終わってわたしが琉太くんと二人で母親の支払い手続きが終わるのを待合室で待っているときだった。小さな子供が大きな三角巾を首からさげているから、気になったらしくその老人が聞いてきたのだ。わたしが状況を説明すると、そういう嬉しい答えがかえってきた。どういう関係からそういう知識があるのか聞く時間がなかったのでそのまま失礼をしてしまったけれど、その人の身内の小さい子が同じような怪我をしたことがあったのかもしれない。

一週間に一度の割合でレントゲン写真を撮るのだが、三週間してもまだ骨は完全には復活していない、という診断だった。そろそろ暑い季節になってくるから琉太くんの首のあたりにはアセモが目につくようになっている。痒《かゆ》いのだろう。本人も無意識のうちに自由になるほうの手で首の後ろのあたりをしきりに掻《か》いている。

「七月になるまでにコレがとれるといいがねえ」

クルマを運転しながらわたしは琉太くんの母親に言う。

「本当に。暑そうでなんだか可哀相です」

「あっ、ゴミちゅうちゅうちゃ」

窓の外を見ていた琉太くんがいきなり叫んだ。かれはいま、しょっちゅうやってくるゴミ収集車も大好きで、ゴミを圧縮する音がするとすぐに窓際に走っていくのだという。

家に帰るとおかあさんは今度は幼稚園に海ちゃんのお迎えにいく。そのあいだわたしは琉太くんと留守番をしている。家に帰ると琉太くんはすぐにありったけのミニカーを出して、それを机の上に並べ、いろんなふうに走らせては何か喋《しゃべ》っている。この頃急に喋ることが増えてきているのだが、何を言っているのかわたしには三割ぐらいしかわからない。母親はもう少しわかるが、一番わかるのは海ちゃんだった。だからときどき海ちゃんに通訳してもらう。姉弟というのはたいしたものなのだということを実感する。

そのいっぽうで、いま海ちゃんはわたしが何度聞いても覚えられないキャラクターモノに夢中だった。よくはわからないが『スイートプリキュア』の物語らしい。幼稚園から帰ると両親に買ってもらった「キュアリズム」というキャラクターのヒラヒラのコスチュームを身につけて慌ただしい踊りをやっていた。仲間にキュアメロディ、キュアミューズ、キュアビートなどがいるらしい。悪者はメフィスト。どっちにしてもわたしには何もわからない。

「悪者のメフィストはじいじいに少し似ているんだよ」

と、海ちゃんは言った。

風雲凄絶バースデイパーティ

琉太くんの腕の骨折治療は三日おきに病院に行き、薬の貼付と腕の簡易ギプスをかえてもらう、という簡単なものだったが、住まいから病院までちょっと距離があるので、その行き帰りはわたしがクルマで送迎することになっている。

琉太くんはわたしの赤いピックアップトラックが大好きなので、病院に行く日と聞くと嬉《うれ》しがる、というヘンな反応をする。

治療の時間は他の患者の数や診療時間によってマチマチになるので、かれらを病院に送り届けるとわたしはいったん自宅に帰り、診療が終わると電話で連絡してもらい、またクルマで迎えに行く、という方法にしている。

そろそろ本格的な夏のギラギラ陽光になる、という日、いつものように電話連絡をうけて迎えに行った。病院前のL字型になった道の端にクルマをとめて、診察待合室まで迎えに行った。琉太くんのおかあさんはやはりこみぐあいによって治療費の支払いなどでときおり手間取ることがあるのでわたしが琉太くんを先に受け取ってクルマでおかあさんを待っている、ということがときどきある。

その日もそんな具合になった。そのあいだクルマをとめて三分もしない時間だったが、クルマに戻るとフロントガラスに「駐車違反」のいやらしいカミが貼ってあった。数年前からはじまった二人一組の、駐車違反徹底摘発係みたいな人たちによる〝収穫〟のえじきにされたようだ。なにしろたった三分以内のあいだのことである。わたしの後ろにとめてあるミニバンのフロントガラスにも同じものが貼ってあった。この病院にはクルマ椅子の人もくるし、歩くのもやっと、という老人や病人もたくさんやってくる。見ているとみんなわたしのように送迎のためのようで、長時間駐車しているクルマなどまずない。

でも駐車違反取り締まりの人たちはそれをいいことに、としか理解しようのない冷淡さで、この場所を、短時間で効率よく沢山摘発数を稼げる〝草刈り場〟のようにしているのではないか、とわたしは直感した。

けれどそのL字型になった道は幹線道路から横道のようにして病院前に入り込んでいて、しかも二台のクルマが楽にすれ違うことができるのだ。どうみても迷惑駐車にはならない状況なのだ。しかも病院の前である。取り締まり係の人たちは当然そのこともよくわかっている筈《はず》だろう。

わたしは急速に不愉快になりながら、そのいやらしい紙を剝がした。琉太くんは「あかブーブ」に乗って嬉しそうだ。いまの不愉快をやわらげる黄金の笑顔だ。改めてそう思った。

やがて支払い手続きをすませたおかあさんがやってきた。ちょっとだけ今の出来事を話し、住まいに帰った。

しかし帰りの道を走りながら、横道のようなところではなく交差点の横にとめてあるクルマや、あきらかに進路妨害に近いところにとめてあるクルマがまったく見逃されているのが普段よりもいやに目につく。駐車違反そのものの状態になっている黒塗りのベンツなどには何もしない駐車違反摘発係の「やりくち」に前々から腹がたっていたから、その日はなおさらだった。

自宅に帰って、少し考えてから中野署に電話した。「広報係」というセクションに回された。係の人がその病院のことを知っていることを確かめた上で、さっきおきたことの概要を話し、「病院前で、ほんの数分間の迷惑駐車にもならないような道での病人を迎えにきたクルマまでやみくもに迷惑駐車の取り締まりをするのはなぜですか」というような質問をした。かえってきた答えは最初から予想できるようなことだった。わたしの質問にはまるで触れず、「そのようなことにならないようにクルマは駐車場に入れてください」とよくあるマナーパンフレットの見本のようなことを言った。

　その病院にある駐車場スペースは二台ぶんしかなく「緊急車用」と大書してあり、しかもいつだってふさがっていた。コインパーキングはそこから歩いて十分ぐらい離れたところにあった。しかも大きな幹線道路を三つか四つ横断しないと歩いて病院までこられない場所である。

　それからしばらくその係の人の実りのないしかも人間性のカケラも感じられない紋きり型の話を聞いたあと、わたしはさらに怒りを充満させて電話を切った。その人がもうすこし「人間」の感情や言葉をもって応対してくれたらハナシは別だが、最初からいかにも迷惑そうな口調で、機械的に話をし、機械的に話を終わらせたので、わたしは文章で報復することにした。公器をもって私憤を晴らす、ではないが、日頃からこの問答無用の迷惑駐車取り締まりのやりかたに怒りや不満をもっている人が多いのを知っていたので、わたしはその週の締め切り日に、一ページの連載コラムをもっている『週刊文春』に、その顚末《てんまつ》と疑問を書いた。風太君や海ちゃんの育ったサンフランシスコの郊外などは、よく映画などに出てくるような、住宅街の殆《ほとん》どの道の左右は全部フリースペースの駐車場といってよく、もしここに日本のあの迷惑駐車取り締まり係のような制度を適用したらひとつの道路で軽く千台ぐらいを摘発するか、誰かに殴られて半ごろしの目にあうかのどちらかだろう。結局日本は最初から道づくりの行政を大もとから間違えていたのだ。

風太君と海ちゃんが日本にやってきて四度目の夏になった。

かれらの父親は仕事が忙しくエジプトにでかけたままだった。当初二週間ぐらいと言っていたが、結局一カ月ぐらいになるようだった。

そのため小学生の風太君と幼稚園の海ちゃんが夏休みになっても、なかなか父親とどこかへ遊びにいく、ということができなかった。

考えてみるとわたしも、かれらの父親が、つまりわたしの息子が子供の頃、仕事とはいえしょっちゅう外国に出ていて、長い休みの日にかれらと遊んでやれなかったことを思いだした。歴史は繰り返す、というほど大袈裟《おおげさ》なものではないが、ひとつの罪滅ぼしのようなつもりで、ここはじいじいがかいじゅうたちにできるだけつきあってやることにした。とはいえ、その時期、わたしはちょっと手のかかる長い小説を抱えていたので、かれらを連れてどこか海のそばに行く、というわけにもいかない。

そこで、かれらが暇をもてあまし、外が強烈に暑い日などは、夫婦二人ではいささか広すぎるわたしの家に三匹を呼んできて家中を遊び場にして自由にあばれまくっていいよ、ということにした。

かれらはわたしの家にくるといろんな遊びを発明する。

たとえばこの頃、ヨーロッパの古城に興味のある風太君は、わたしの家全体をその古城にしてしまい、目に見えない敵が攻めてくるのを子供らで守る、などというややこしい遊びを発明したりする。三階にあるわたしの部屋は兵隊が集まっている場所となり、わたしはその兵隊を世話する係だと風太君にいいつかった。けれどわたしは昼でも原稿仕事があったからナマ返事でその命令をうける。

まだ腕の三角巾をはずせない琉太くんは、この階段遊びになるとちょっと目がはなせないが、それ以外の遊びだったら、ほうっておいても問題なかった。

目に見えない敵が攻めてくると、靴ベラや三十センチのプラスチック定規などがかれらの重要な武器となり、琉太くんも自由に使える左手にプラスチックのじょうごなどをもたされ、それで守備隊の兵士になっている。

これがまことにうるさいのだが、要所要所で琉太くんの状況を見ているだけでなんとか自主的な遊びがすすんでいくのだった。

この「古城のタタカイ」に飽きると、今度は海ちゃんがリーダーシップをとって「お店屋さんごっこ」がはじまる。

大テーブルや椅子が沢山ある二階のリビングが遊び場になった。そこには妻が頻繁に出入りしているので、なんとはなしの「観察」は彼女にまかせ、わたしは原稿仕事に没頭する。仕事に疲れ、少し休むことにして二階に降りると、三人並んで甘いおやつなどを食べているのだった。

そのおやつがすむとわたしは琉太くんを寝かせる「仕事」になる。寝かせ方はいつものようにわたしの胸とお腹《なか》の上にうつぶせにのせてお尻をポンポンだ。なぜかこれはてきめんで、五分もすればやすらかな寝息が聞こえてくる。念のためにそれからさらに五分ぐらいそのままの姿勢でお尻のポンポンもゆっくりさせ、完全に寝入ったとわかってからベッドの上に仰向けに寝かせる。天井で回っている扇風機の回転を一番遅くさせ、冷房は切る。

遊び疲れ、もうとことんまで寝入ってしまった小さな命を少し離れたところから見る。

春におきた巨大な地震とそれに続く原発の事故は、まだこれからどうなるか予断を許さない不気味さでわたしたちのあたまの隅から離れたことはなく、こういう小さな子を日本中の親たちがすこやかなれ、と祈りながら暮らしているのだろうなあ、と改めて強く感じる時間だ。

夏休みのなかごろにやっと琉太くんの簡易ギプスと三角巾が外れた。要するにとりあえず回復、である。二歳児程度の「若木骨折」の回復の基準は、骨のなかの小さな亀裂が密着するまでのようで、曲がった腕は最初に強引にかなり戻していたが、正確にはまだすこし湾曲しているらしい。それは成長するにしたがってちゃんとまっすぐになっていく、というのでまずは安心だった。

暑い時期に三角巾をさげていた琉太くんは首の後ろなどに汗疹《あせも》ができて痒《かゆ》がるのがかわいそうだったが、これで当人も、おかあさんも、「じいじい」もさっぱりした気持ちになった。三カ月後にまた病院に行って経過を見ることになるらしい。

「おい。リュウ。もうテーブルの上で踊りなんか踊っちゃだめだよ。そうしたら、またあんなふうに首から手をずっと吊《つ》るしていなければならなくなるからな」

わたしはニコニコしている琉太くんの顔をまっすぐ見ながらそう言った。それにたいして琉太くんはちゃんと言葉で答えることはできないが、こちらのいうことはかなり理解できているのがこのごろはよくわかる。

喋《しゃべ》るのも一年前の夏とはまるでちがってけっこういろんなことを言う。

話すまえに、

「ん、とね」

というのはお兄ちゃんかお姉ちゃんの真似《まね》のようだ。わたしは琉太くんのそれからあとのいろいろ言う話の三分の一ぐらいしか意味が聞き取れなかったが、面白いもので風太君や海ちゃんにはわかるらしく、よく二人に通訳してもらう。

両手が自由になったと思ったら、海ちゃんと喧嘩《けんか》することが多くなった。たいていなにかモノの取り合いで、見ているとじつにくだらないモノをとりあって本気のタタカイになっていく。どちらが悪い、ということもなく、当然ながら要は「コドモ」なのだ。

たいてい体の大きな海ちゃんがひとつの色しかない積み木のパーツなどの取り合いでは目的のものを確保してしまうが、くやしがって琉太くんが別の積み木のパーツでポカリと海ちゃんのあたまを叩《たた》いたりする。海ちゃんはそこで泣いてしまう。少し前まではそういうモノの取り合いのケンカはたいてい海ちゃんが勝っていたが、いままで両手が使えないのでそういうイカリをためていたのか、両手が自由になったら形勢がいささか変わってきたようなのだ。

風太君は全体がやさしくおとなしい顔つきをしているが、琉太くんはいくらか吊り目で、じっと相手のことを見る癖がある。しかも最近は相手を睨《にら》むことを覚えてきた。

わたしは妻と「あの三人のなかではやがて琉太くんが一番キカンボウになるだろうね。あの顔つきはきっとそうだよ」とよく話をしていたが、だんだんそれは本当になってきているようだった。

海ちゃんはお兄ちゃんと弟のまんなかのただ一人の女の子だから、小さい頃から、気分は完全に「お姫さま」のつもりでいる。そのため口ではいちばんえばりまくっている。でも琉太くんにポカリとやられると泣きながら母親に「ママー」といって駆け寄っていく。

琉太くんと海ちゃんのそういうタタカイがあっても風太君はいつも少しはなれたソファなどにすわって『世界の遺跡図鑑』とか『恐竜大図鑑』とか『大航海時代の巨大帆船』などという本をじっと見ている。

この三人を見ていて、わたしは自分のなかにあるものが、それぞれの男の子に分散して隔世遺伝しているのを感じる。思い込みかもしれないが、そう思えて仕方がない。

琉太くんの今度の怪我《けが》などが一番いい例だった。わたしは小学校の頃から生キズが絶えなかったし、神社の手すりにまたがって後ろ向きにすべって一番下にあった石に頭を強打し、脳内出血の大怪我をしたことがある。

それ以降も大人になるまで何度も大きな怪我をした。だから、もしそういうものが隔世遺伝しているとしたらその怪我への心配にはなんだか自分の責任まで感じるのだ。しかしそのことをかれらの両親や妻などには黙っていることにした。でも、

「どこへ行くのでも琉くんを一番注意していなければいけないよ」とだけ言った。

それに頷《うなず》いていたのはかれらの父親だった。

「そうなんだ。海などに連れて行くと風太君は注意深く海の深さを調べながら入っていくから心配ないが、琉は、なにもかまわずどんどん海に入っていってしまうから一番心配なんだ」

かれはそう言っていた。

風太君と海ちゃんは八月生まれだ。でも今は父親が外国に行っているので、二人の誕生日は二週間ぐらいしか離れていないことだし、わたしの家で二人いっぺんに「誕生祝い」をすることにした。

そういうときの御馳走《ごちそう》でみんなが喜ぶのは「手巻き寿司《ずし》」だったが、夏の盛りなので、具の種類をものすごく揃《そろ》えて好きなように食べる「ソーメン大会」とよぶ子供らが喜ぶメニューにした。

けれど三人三様に好みが違うので妻はそのへんの調整が大変のようだった。風太君はなんでも食べるが、海ちゃんは自分の知らない食べものには手をださない。琉太くんは、

その春に沖縄のホテルで発覚した肉好きがさらにエスカレートしていて、肉がないといけない。

だから妻は食事時になると琉太くんをもっぱら「肉ぼうず」と呼んでいた。いろんな料理があっても肉があるとにかくそればかり食べまくるので、その出し入れの加減が難しかった。

子供らは共通してソーメンが好きなので、これは大成功だった。おなかがいっぱいになっても、そのあと「バースデイケーキがある」ことを三匹は知っている。

風太君は八歳になり海ちゃんは五歳になる。

ケーキには八本のローソクと少し離して五本のローソクを並べたが、琉太くんはまだバースデイケーキの意味がよくわかっていないので「仲間はずれ感」をなくすために琉太くん用にも二本のローソクを別の隅に立てた。部屋の灯《あか》りを消して、妻がそのケーキをもってきた。

手順がすっかりわかっている風太君は上手に八本のローソクを吹き消し、海ちゃんもその真似をしてうまく消した。けれど琉太くんはなんだか急にテレて、ニヤニヤ笑いになってしまい口をとがらせることができない。やむなく風太君に手伝ってもらった。

しかし、その判断は失敗だった。

琉太くんはやはり自分で消したかったのだ。

その段階でわたしは琉太くんの気持ちがわかったがもう遅かった。

琉太くんは泣きだし、ケーキの上の十五本のローソクを両手でぐちゃぐちゃぐちゃに払いのけ、表のクリームにもざっくり手をいれてぐちゃぐちゃにしてしまった。

「ああ。リュウ！　だめでしょ、そこはぼくのケーキだよ」

風太君が本気で悲しげに叫ぶ。

ほぼ同時に海ちゃんが椅子にたちあがってそのあたりの具の入ったお皿や鉢などをひっくり返して絶叫する。

「リュウのバカバカバカバカ！」

言われて琉太くんはさらに暴れまわる。もういたるところクリームやその上のイチゴなどのデコレーションは阿鼻叫喚の図になっている。ついに「風雲凄絶バースデイパーティ」となっていったのだった。

『週刊文春』の担当編集者から厚めの封筒が届いた。中には読者からの手紙やハガキが入っている。読者からの手紙類がたまるとこうして定期的に送ってくれるのだ。

編集者のメモにも書いてあるとおり、このあいだの病院前通りの、情け容赦のない

「駐車違反事件」に対する感想が多かった。

かなりの人が同じような理不尽と思える体験をしていて、それに対する義憤とわたしの書いた記事に対する共感と激励の内容が多かった。それらの手紙を読んでいると、同じようなことが全国で行われているのがわかる。

道路の通行をさまたげる迷惑駐車を摘発する、という目的はいいのだが、あの「なにもかも」「手あたりしだい」というやり方に大勢の人が疑問と怒りをいだいているのがわかった。

それから数日後には琉太くんの通っていた病院の院長さんからの私信が届いた。

週刊誌に書いた話はその病院でも話題になったらしく、あのL字型になった路地での情け容赦のない「駐車違反」の取り締まりには多くの苦情が寄せられており、病院側も閉口しているようであった。

定期的に取り締まりの係がやってくるので、そのたびに院内放送で、そのことを患者さんや付き添いの人に知らせ、いち早く対応させるようにしているが、常にはできず、間にあわないことも多いという。

そこでわたしが書いた週刊誌の記事がきっかけになり、病院の経営会議が開かれたという。そこではいくつかの対応策が語られた。

ひとつは、バレットパーキングで対応する。

もうひとつは病院の近くに病院の所有する比較的大きな土地があるので、そこを駐車場にする。駐車料金は受診した人は無料。

というもので、それならば問題はかなり解決しそうであり、そこを〝草刈り場〟にしていた怠惰で情け容赦のないあの係の連中は点数稼ぎの場を失うことになる。ザマアミロなのだ。

その手紙にも書いてあった。

「あの駐車違反摘発係の人は、もっとほかに、本当に迷惑な駐車違反をしているケースがいっぱいあるだろうに、なぜ、体の弱い人が沢山やってくる病院前を狙いうちするのかとても疑問です。実はわたしどももかねがねそう思っていたのです」

あの病院のパーキング施設がもっときちんとなったら、これからは安心だ。わたしはそう喜んだが、だめだだめだ、と思い直した。もう三匹のチビたちを誰も病院通いなどさせないぞ。わたしは自分の思考の本末転倒に気がついて、この問題からは少し気を逸《そ》らせることにした。

看病合宿の開始

秋の運動会がはじまった。風太君のかよっている小学校は、いわゆる都会の過疎化が進んでいて、年々児童数が少なくなっており、数年後には近くの別の小学校に統廃合される予定になっている。

今はかろうじて各学年一クラスずつあるので、まあそこその競技や遊戯ができる。ただしそのために子供たちはいくつもの競技に出場しなければならなかった。

よく聞かれるように今はモンスターペアレンツ風の両親も大勢いて、学校側に運動会の競技種目についてもいろいろ口だししてくるらしい。さらに当日は運動会のはじまるずっと前にはすでに正門の前に並んでおり「いい席」の取り合いになるという。学校側は、正門をあけるのを運動会開始の三十分前、と決めていたらしいのだが、せっかく早くきているのに道路に親を並ばせておくのはどういう了見なのだ、と嚙《か》みついてくる保護者もいて、なんと運動会開始の二時間前に正門をあけることになったという。

三匹のかいじゅうたちの両親はアメリカの幼稚園で運動会に似たようなものを何度か体験しており、たかが小学校のいい席取りに二時間前に並ぶ、ということがうまく理解できずにいるようだった。

「まったく見えないわけではないのだろうし、時間どおりに行ってあいている場所から見ていればいいんじゃないのかねえ」ということでわたしとかれらの意見は一致した。

早く行って「いい場所」を確保したいのはホームビデオやスチールカメラで自分の子供の姿を撮影したい、ということが大きいらしい、という話も、近頃よく聞くが、それはまさに本当の話だったのだ。

風太君の両親は、そういう映像記録などよりも、自分の目で元気に動き回っている子供らを見ればそれでいい、という考えだった。

そこでバカじいじが「それなら」とすすんで記録係になろうと発言した。仕事上、写真雑誌などにプロ的な写真を撮ることが増えているので、通常の人はあまり持っていない五〇〇ミリの超望遠レンズを装塡《そうてん》できるハイスピードカメラなどを持っている。テレコンバーターなどを付けると二倍の一〇〇〇ミリ望遠だ。だいぶ離れた位置からでもかなり近接した写真が撮れる。少々恥ずかしいが、父母ではない強みを発揮して、そういうカメラを隠し持って時間にあわせて小学校に行った。

一足先に来ていた「三匹のかいじゅうたちのファミリー」は校庭の端の鉄棒のそばにシートを敷いてくつろいでいた。

もう競技ははじまっていて、校庭のスケールにしてはいささかやかましすぎる音量で、いかにも張り切った先生の、間断のないアナウンスが続いている。競技がはじまるとそのバックミュージックも大音響だ。

はじめの頃は一年生のクラスの徒競走のようだったが、それでも火薬玉のピストルをつかっての「ヨーイドン」なのでやや驚いた。このあいだまで幼稚園にいたようなチビどもがあきらかにその大きな音にひるんでいるのがわかる。「ヨーイドン」と口で言うだけで十分聞こえる距離で、走る子も一レース四、五人なのだ。まあ現代の子はこのくらいの歳《とし》からこうして競争社会の洗礼にまみれていくのだな、と納得するしかないようだった。

児童数が少ないので二年生の風太君もすぐに出番がある。大玉ころがしのような競技だった。たいした盛り上がりもないうちに音楽だけがせわしなく続いていく。なるほどカメラやビデオを持った親が一斉にそれらをかまえ、なにか大変なことがおきているようなモノモノしさだ。わたしは急に気恥ずかしくなり、超望遠なのをいいことにだいぶ離れたところから無意味にコソコソしながら撮った。

海ちゃんと琉太くんは運動会にはまるで興味がなく、そこらを走りまわっている。その小さな幼児にもやがて単純なゲームへの出場があるというのでそうなるとまたじいじいカメラマンが撮影開始でなにかと忙しい。

ややや風が冷たかったが、晴れたり曇ったりのまあまあの天候なので、運動会そのものは全体にうまい具合に進行しているようだった。

海ちゃんは、やがて入学してくる予備軍として、豆粒みたいな集団で即席の集団遊戯をやり、琉太くんはおとうさんと一緒に三十メートルぐらい走る競技をやった。

風太君はクラスで一番背が高いので昼前最後の紅白リレーの選手にえらばれ、それなりに緊張して走っている姿をわたしは超望遠レンズでとらえた。

それが終わると待望の昼食になるのだが、いまはむかしと違って家族みんなで敷物の上で花見みたいに食べたり飲んだりすることはできず、児童はみんな教室に入っていつもの給食のようにして食べる、ということを聞いていささか興ざめした。どうしてこんなときに家族と一緒に食べることをさせないのだろうか。

なにか学校、保護者双方の事情でそうなっているのだろうが、無粋なことだ、と思った。主人公がいないので我々はいったん自宅に引き上げることにした。昼休みの音楽というわけのわからないものがまた大音量で鳴らされている。

運動会がおわると家庭のなかはまた普段のそれぞれのシフトに戻る。

風太君が一番はやく家を出て学校に行き、続いてかれらの父親が会社にむかう。かれはまもなくいま仕込んでいるツタンカーメン展日本開催のためにオーストラリアのメルボルンに行くことになっていた。

エジプトに行って基本的な交渉をして、いま開催しているメルボルンから展示品を引き取り、日本まで運ぶ仕事だという。そのイベントの展示品は全部で六百億円ぐらいの額になるので、治安の悪い国では軍隊がその警備にあたったりすることがあるという。日本とオーストラリアの間ではまだそこまでモノモノしい警備は必要ないらしいが、引き渡しまでの数々の手続きでほぼ一カ月近くになるらしい。

それだけの日数がかかるのは、展示品のひとつひとつの写真撮影とその確認をエジプトの関係者をいれた三カ国で厳密にやるからだという。父親が会社に出ていったあと、かれらのおかあさんが海ちゃんと琉太くんを自転車の前後に乗せて幼稚園と保育園に連れていく。あれやこれやでかれらの家の朝はいつもごった返している。

強い雨などが降っているときなどは、午前中は自由時間になっているわたしが、ちょっと距離のある琉太くんの保育園までクルマで連れていく手伝いができるよ、とよく言うのだが、母親はいつも、遠慮してなのか、自分でなんとかやれますから、と言った。

雨の日に自転車の前と後ろに子供を乗せて走っている多くの母親をクルマを運転している側から見ると、危ないなあ、といつも思っているのだが、かれらの自主的な気概を尊重することが大事じゃないの、などとわたしの妻はよく言うのだった。じいじはとかく甘い、というのはそういうコトを言うらしい、と最近はわたしにもわかってきている。

季節はどんどん進み、やがてかれらの父親はメルボルンにむかった。

そういえば、そのメルボルンに一カ月ほど行くわたしの息子を見ながら、かつて自分がしょっちゅうそんなふうに仕事で外国に行っていたことを思い出した。いま出かけていく子煩悩なかれらの父親が、わたしのまだ小さな息子だったとき、わたしは残していく家族に対していつも沢山の不安をおぼえながら成田にむかっていたのだった。

それはほんのちょっと前のことのように感じるし、やはり現実は遠い昔のことなのでその頃の息子や娘らの顔を思い浮かべることはできなかった。歴史は繰り返す、というけれど、こんなふうに単純な恰好《かっこう》で繰り返していくとは思いもよらなかった。

当時、わたしが外国へ最低でも一カ月は出かけていくとき、まだ妻方の親がいたので、すくなくともその存在が有り難かった。保育園の保母の仕事をしていたわたしの妻は、やはり二人の子供を毎朝せわしなくおくりだし、夕方には迎えにいく。そんなとき義母の存在は精神的にわたしにはずいぶん有り難かった。だから、わたしは今、その役目をしなければならないのだが、モノカキとしてはまだ現役なので、外国旅行こそこの頃は自粛しているが、国内の二、三泊の旅はまだ頻繁にあった。

さらにわたしの妻はこのところ東日本大震災の関係で、月に二回は東北各地の復興支援に出かけている。行けば最短で五日ほどは現地に滞在しているからわたしの旅と妻の支援手伝いのスケジュールが重ならないようにしていたが、思うようにいかないこともあった。

海ちゃんはあいかわらずプリキュアというものにはまっており、その衣装やDVDを買ってもらい、琉太くんに解説などをしているが、もとより琉太くんには何もわからないからあまり聞いていない。したがって「どうしてこんなコトがわからないのよ」などと言って海ちゃんはいつも怒っている。

琉太くんは最近「コンチワ」という挨拶ことばを覚えた。まだ正確ではなく「コンチラ」となってしまうが、面白いので、わたしはかれらの家にいくと琉太くんと挨拶ばかりしている。

「コンチワ」

「コンチラ」

「こんちわ」

「こんちら」

このくらいの子は何度おなじことを聞いてもおなじように応じてくれるから楽しい。

海ちゃんがプリキュア一辺倒なのとおなじように琉太くんはとにかく毎日トミカのミニカーを並べてクルマのお家をつくったり、わざとひっくり返して事故をおこし、パトカーをそこに急行させたり、復旧のために工事車を沢山並べたりして忙しい。

そうした平和な状況のなかで、ちょっとした異変がおきた。

風太君がかなり高い熱をだして学校から帰ってきたのだ。わたしが家にいるときだったので、下の二人の面倒を見ることにし、風太君はすぐにおかあさんと駅前の医院に行った。

そのあいだわたしは黙って小さな二人の遊びを見ていた。

海ちゃんと琉太くんはだいたい十分に一回ぐらいの頻度でケンカをする。見ているとたいてい小さなクッションとか小さな椅子などの取り合いで、それぞれの遊びに使いたいモノであるらしい。

海ちゃんは体の大きいぶん力があるから、本当にそれがどうしても必要なのかどうか、わたしにはよくわからないのだが、とにかく強引に奪いとる。

　すると怒って琉太くんが積み木などで海ちゃんをポカリと叩《たた》く。この展開はいつも同じだ。この頃は本当に琉太くんも負けていない。ポカリとやられると海ちゃんが全力で琉太くんを押し倒す。負けじと琉太くんが海ちゃんをさらに押し返す。だいたいそんなふうに展開する。

　なんとか仲裁しても必ずささいなことでまたタタカイがはじまるからお互いに少し離れたところで遊べばいいではないかとじいじいは考えるのだが、一触即発、ケンカがおこりやすい距離が互いに好きらしい。

　むかしの部族同士のタタカイなどもきっとそんなふうになっていたのだろうな、と思いながら、わたしは十分間に一回はおきるチビたちの不毛のタタカイを黙って見ているしかなかった。

　あたりが暗くなる頃、風太君とおかあさんが帰ってきた。まずいことにインフルエンザの可能性があるということだった。まだ秋の半ばに入ったばかりというのにえらく早い話だ。

　風太君は毎週、土曜日と日曜日に隣町にあるサッカークラブで練習をしているのだが、そのときに別の小学校の児童がインフルエンザにかかった、という話を聞いてきたばかりだった。感染経路のなかにいたのはどうやら確実らしいので、その日のうちに風太君はわたしの家で預かることになった。ほうっておけば海ちゃんと琉太くんの二人にたちまち感染してしまうのが目に見えている。

すでに熱が三十九度台になっている風太君を抱えるようにしてわたしの家に連れ帰った。

とりあえずパジャマと歯磨きセットだけ持って出た。あと必要なものはわたしか妻が彼らの家に受け取りにいけばいい。

まずはわたしのベッドに風太君を寝かせた。医院で最初のタミフルを飲んできたというのでいまはとにかく暖かくして安静にすることが一番らしい。わたしの部屋はベッドの後ろ側にデスクがあるので、わたしはそこで何時《いつ》ものように原稿仕事をしていることができる。風太君の熱を改めてはかると三十九度三分もあった。まだ夕方だから、これから上がっていく可能性が大きい。真っ赤な顔をしているのでわたしが二日酔いの朝などアタマが痛いときにやる簡単なわりにはけっこう冷し効果のあるハチマキ式の冷却装置を作ってあげた。

といっても仕掛けは簡単で、食品の保冷用などのためによく使われる凍らせた小さな保冷剤をビニール袋にいれ、薄手のタオルでくるみ、頭にまいてあげるだけだ。熱さまし用シートなどより迫力のある冷たさがあって発熱には絶対ここちいい筈《はず》だ。

そいつをやってやり「どうだ」と聞くと「気持ちいい」と風太君はその日はじめて少し笑った。「ようし。これで少し熱が下がるからな。それから薬が効いてくるから、あとは寝ているだけだ」

仰向けに寝ている姿をしばらくそうして見ていると、いつのまにかずいぶん体が大きくなり、背も足もびっくりするほど伸びているのを再発見した。

わたしはデスクに戻り、これから全快するまで当分かれはこの部屋に入院だな、ということを考えた。問題はわたしの妻の次の旅が迫っていることだった。

風太君が小さな寝息をたてているのを確認してから階下に行った。妻が早くも夕食の支度をしていた。風太君用には当然おかゆだ。

「あのね。わたしがいたほうが絶対いいんだけれど、今度の用件はビニールハウス用の大量の資材を福島の現地でわたしが受け取り確認をしなければならないのよ。誰か代役を、とさっきから考えていたのだけれど、受領のための書類や印鑑をわたしが持っているし、結局どうにもならない、ということがわかったのよ」

妻は困った顔でそう言った。

「いいよ。大丈夫。ちょうどうまい具合におれはしばらく家でできる仕事ばかりだからあいつと合宿するよ。めしなども心配ない。買い物は事務所のスタッフに頼めるし」

妻の出発は明日だった。

ひええ。そんなに急なのか、とややたじろぐ思いもしたが、なんとかなるだろう、と思った。もともと旅行の多い妻だからわたし一人の食事作りは慣れている。それに病人食を加えるだけの話だ。

「大丈夫。こっちは大丈夫だよ。治療は医師から処方されたタミフルを飲んでとにかくじっと暖かくしておくだけでいいらしいから簡単だ。それから栄養のつく流動食の作り方をいくつかカミに書いておいてくれさえすれば……」

わたしはまったく〝いいじいじい〟だな、と臆面もなく自分で確信しながらそう思った。


夜九時ぐらいに熱はついに三十九度七分まで上がった。風太君の顔は夕方よりも真っ赤になり、吐く息はコキザミになっていた。わたしはそれまでほぼ一時間おきに例の特製冷しハチマキを取り替えてあげていたが、スペアが三個しかないので冷却が間に合わないくらいになっていた。あまり喋《しゃべ》る意欲も力もないらしく、熱のあるとき特有の嫌な夢でも見ているのか時々目をあけては苦しそうな表情をしていた。

食欲はまったくなかったので、その日はとにかく水分だけ沢山とらせた。アメリカで暮らしていた五年間は知らないが、日本に帰ってきてこんなに高い熱を出したのはおそらくこれがはじめてだろう。

一時間ほど前に風太君のおかあさんから電話があったとき、海ちゃんと琉太くんの状況を聞いた。二人とも何も異常はなく、相変わらずケンカばかりしている、というから、うまい具合に二人のチビたちに感染する前に我が家に隔離できたのかもしれない。しかしまだ油断はできないから注意して見ていないと、とわたしは言った。

その日は十二時まで一時間おきに風太君の熱を測ったが三十九度七分は変わらなかった。四十度を超えてしまったらどうすればいいか、体温計がピッと鳴るたびにわたしはびくついていた。東北の被災地に行ってから発熱などしないように妻にはあまりその部屋にはこさせないようにした。不思議なことにわたし自身が感染する、という不安はまるでなかった。こういう風邪はわたしには関係ない、と根拠なく信じていた。十二時を少しすぎたところで風太君は「おしっこしたくなった」と言った。わりあいはっきりした声だったのでいつのまにか目をさましていたらしい。

抱きかかえるようにして二階にあるトイレまで階段を降りていった。体が燃えるよう、という形容があるが本当にそのとおりになっているなあ、と思った。体が水分を必要としているのか小便はわずかしか出なかったようだった。ベッドに戻ってすぐにポカリスエットを飲ませた。

「こういうときはこれもクスリみたいなものだから飲めるだけ飲んでしまいな」

わたしは言った。

風太君は言われたとおり、飲めるだけ飲んでいた。それから「トリデはなんでみんな石でできているの？」と言った。すぐには意味がわからなかったが、砦《とりで》のことを言っているのだと気がついた。

かれはこの頃、ヨーロッパの古城にえらく興味をもっていて、そういう本ばかり読んでいる。

「テキが攻めてきたとき板なんかだったらすぐに燃やされてしまうだろう。ノコギリで切られてしまうこともあるだろうし」

「ああ。そうだね」

風太君は小さくうなずき、それから弱々しい齧歯類《げっしるい》が巣穴にもぐっていくように布団の中に入っていった。寝る前に体温を測ろうかと思ったがやめた。かれはいま石の砦にこもり、大量の熱の敵と必死にタタカッているのだ、と思った。

もう一時近くなっていたので客間にある布団を運んできて風太君の寝ているベッドの

横にそれを敷いた。高低差はあるが平行になって寝ていることができるので、何か用があるときはすぐに対応できる。熱のために体が寒いからなのか布団を自分ではいでしまう心配はなかった。

高熱にうなされる声や苦しがる声もないまま、朝になった。わたしは目が覚めるやいなや、風太君の様子を見た。まだぐっすり寝入っていたが、顔の赤みはとれているようだった。三方の窓のカーテンをあけて自然光のなかでもっとよく観察した。大丈夫。顔色は普段のものに戻っていた。

額に手をあてる。朝までのあいだに例の冷しハチマキは取れてしまい枕の横にころがっていた。起こすつもりで強引に体温計を脇の下にいれた。そのあいだに頰から首のあたりに触れてみる。額よりはまだ熱い感じがした。体温計のピッと鳴る音が待ち遠しいような怖いような。

まだ三十八度あった。けれど昨夜からくらべたら本人の気持ちはだいぶ楽になっている筈だった。

「おはよう。おい。病人くん。朝だぞ」

わたしと風太君の合宿が始まった。

じいじい救急隊

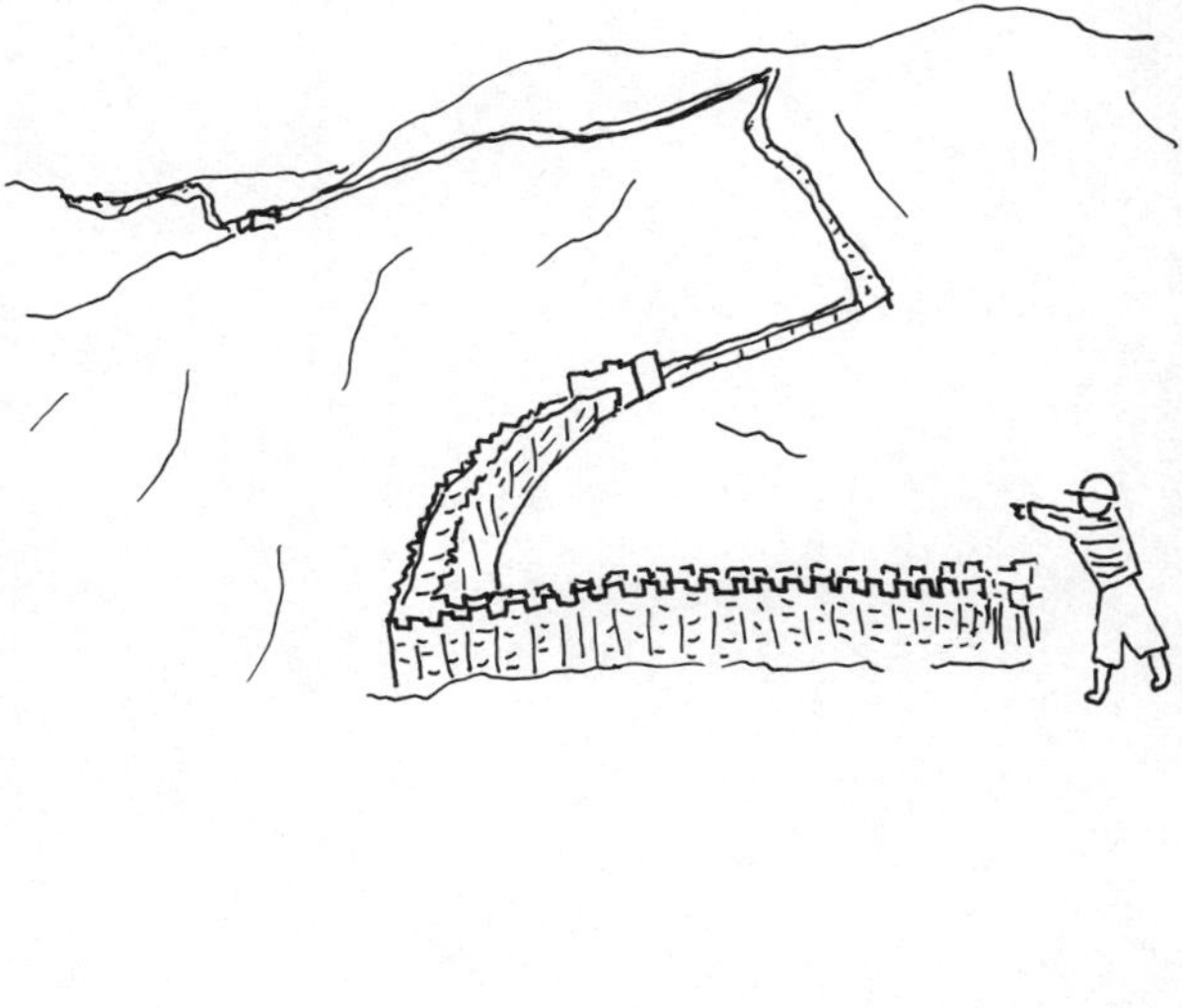

昨夜、風太君をわたしのベッドに寝かせたときに思ったのは、いつのまにかずいぶん背が伸びていて、もうすっかり「少年」の気配になっているな、ということだった。

考えてみれば日本に帰ってきてもう三年。帰国した当時はまだ就学前で、英語圏で育ったから言葉もどこかヘンだったが、今はすっかり喋《しゃべ》ることもやることもナマイキな小学二年生になっているのだ。

わたしの「おはよう」に、風太君も熱のある朝ながらちゃんとこたえた。いつもの自宅のベッドルームではなく、わたしの仕事部屋で目がさめた訳をすぐに理解できなかったのか天井のあたりを不思議そうに見回しながらの「おはよ」だった。

「熱は昨日よりだいぶ下がっているぞ。さっき測ったんだ」

「ふーん。何度だった？」

「昨夜《ゆうべ》より一度以上も下がっている。三十八度だよ。だいぶ楽になっているだろう？」

「うん。そうだね」

本当にそうなのかどうかわからなかった。三十八度といったらまだ高熱で、大人ならそれを知っただけでぐったり脱力しかねないレベルだが、思っていたとおり子供は強いのだろう。それに熱は同じ三十八度でも上がっていくときと下がったときとではだいぶ感覚が違う、ということをわたしも体験的に知っていた。

「時間的にいって薬を飲まなければならないけれど、その前に何か食べたほうがいいんだ。食べられそうか？」

「うん。少しだけかも知れないけど」

「少しだけでもいいんだよ。とにかく何か食ったほうがいい。体力と栄養をつけないとな」

病人の朝食でわたしが作れそうなのは、ウドンをやわらかく煮こんだものか、レトルトパックに入ったお粥《かゆ》だ。わたしが二日酔いのときなど妻に朝食用に作ってもらう〝コシヒカリのお粥〟とかいうたいそうなものがあって、昨夜は妻がそれを使って風太君の夕ごはんを作った。けれど結局、風太君は妻の作った野菜ジュースを飲んだだけでお粥は食べなかった。

「じいじいが今朝作れるのはタマゴの入ったうどんか、お粥だな」

少年は天井を見上げ、少し考えていたようだ。

「あまり熱くないのがいい」

少年は言った。

「どっちも冷ませばいいんだから熱くないのが食べられるよ」

「ふーん。じゃあ、お粥がいいな。あまり食べたことないけど」

アメリカにいるあいだめったに風邪などで寝込んだことはない、とかれの父親に聞いていたけれど、そうか、アメリカではお粥を作るのは水かげんそのほか、新米の親には難しいのかもしれないな、と思った。

「サンコンカンでは朝はどんなのを食べてたんだっけ」

「サンコンカンじゃないよ。サンフランシスコでしょ。もうちゃんと言えるよ」

少年は小さく抗議し、わたしは小さく頷《うなず》いた。日本に帰ってきた当時、サンコンカンと言うのが面白くて、わざと聞いてはそう言わせて喜んでいたのだが、そういう時期はとうに過ぎたようだった。

「朝は、パンケーキか、コーンフレークなんかにミルク入れたやつが多かった」

そうか。あっちにはシリアルというといかにもアメリカらしい手抜き朝食があったのだった。風太君はパンケーキが好きで、わたしがサンフランシスコのかれらの家にしばらく泊まっていると、風太君はほぼ毎朝パンケーキを作ってもらっていた。それもフライパンの中が見えるように、ガスレンジの傍まで椅子を持っていって、それができる様子を必ず確認していた。フライパンに広がった小麦粉の白い円形がだんだん熱をもってあちこちブクブクいって形になっていくのを見るのが好きなのだという。一度そのできあがりつつあるパンケーキの横で、風太君がパンケーキの顔真似《かおまね》をしている写真がおくられてきて、わたしは噴き出してしまった。まだ丸顔の幼児が頬をふくらませ、顔全体で怒っている。それはまさにできあがる寸前の「パンケーキ」そのものだった。その写真は、わたしの部屋の板壁に今でもピンでとめてある。子供の気持ちの思いがけないほど多彩なところがまんべんなく表現されている楽しい写真だった。

わたしは二階の台所に降りた。テーブルの上に妻のメモがあった。彼女は六時に家を出ていた。留守中に食べたらいい病人食のリストやレシピが書かれていたが、いまはできるだけ簡単なのがいい。

食品貯蔵棚からパック入りの目的のお粥を見つけた。袋の裏に小さな字で器にあけてレンジで温めても、パックごとお湯で温めてもどちらでもいい、と書いてある。

ちょうどいいくらいの底の深い皿にあけて、その上に醤油《しょうゆ》とカツオブシとタマゴをいれて全体をかきまわし、それをレンジにかけた。全体にまんべんなく熱を通し、タマゴがはんぶん固まったぐらいのを、わたしはいつも妻に頼んでいたから、それを再現する、という作戦だ。

それから薬を飲むためのミネラルウォーターをコップに入れ、丸い木のお盆をなんとか探しだした。

お粥がすっかり熱くなり、まぜたタマゴが半熟ぐらいになるまでけっこう時間がかかるのに驚いた。なんとなく目的に近いくらいのものができたので、それを冷ます。その待ち時間に三階にあがってかれの様子を見た。わたしの顔をみると、風太君は、

「ごはん食べたら学校へ行けるかな？」

と、聞いた。

「え！　学校はまだだめだよ。まだ熱があるんだし、それにインフルエンザは友達に感染するから完全に治らないと学校へ行ってはいけないんだ」

「ふーん」

やや不満そうな声がかえってきた。

そうか。かれは学校に行きたいのか。その反応は気分としてわたしには嬉《うれ》しいことだった。これが「風邪をひいたから学校が休めて嬉しい」などと言われたら少しフクザツな気持ちになる。

いろんな意味でかれらが、いまこの時期、日本に帰国したのはタイミングとしてどう考えるか難しいところがあった。かれらは三人目の子供が生まれ、落ちついたらまたサンフランシスコに帰る、という選択肢をもっていた。海ちゃんは二歳だったから、アメリカ社会にも日本の社会にもどうとでも馴染《なじ》める段階だった。そこに原発事故がおきた。

風太君は、まだサンフランシスコのほうが馴染みがあるし、友達もいるし、すぐに海に行けるところに住まいがあったから相変わらずアメリカのほうが好きなようだった。

でも、いま、日本に完全に留《とど》まるようになればすぐに日本の学校や社会に馴染んでいけるだろう。これが小学三年生ぐらいのタイミングだったら、日本語より英語でのコミュニケーションが楽になっているだろうから、日本の小学校に転入すると、言葉づかいなどでいじめの対象にされる可能性がある。もしかすると、

「学校に行きたくない」

という言葉が出てくる可能性が増えてくる。大人の都合で中途半端な幼児期、少年期を体験させてしまうのはよくない。そういう意味では、安定して日本に落ちつきつつある今の状態が正解だったのかもしれない。

そんなことを考えながら、タマゴまぜお粥の冷めかげんを調べに再び台所に行った。ちょうどそこに電話があった。風太君のおかあさんからだった。様子を心配してかけ

てきたのだ。もしまだ寝ていて電話の音で起こしてしまうといけないから、それを気にしてタイミングをはかっていたようだ。

わたしは状況を説明し、だいぶ楽そうだよ、と伝えた。朝食のことを心配しているので目下のことを話した。

「すいません。本当にありがとうございます」おかあさんのほうは海ちゃんの幼稚園へ行く支度と一番下の琉太くんの世話に追われているのが電話の早口でよくわかった。

その電話を切ったところでまた電話だ。今度は福島のボランティアチームと合宿しているわたしの妻からだった。こういうふうに何か行動しようとするときにたて続けに電話がかかってくるような状況を「マーフィーの法則」という。これで宅配便などがやってきたら法則は完璧になる。

妻に状況を説明し、「こっちは大丈夫だから、そっちこそ下手に張り切って手など怪《け》我《が》しないようにな。破傷風になったりしたらそれで終わりだぞ」と、早口で言って電話を切った。今はなにかと忙しいときなのだ。

わたしはちょうどいい具合になったお粥セット（といってもお粥にスプーンに水の入ったコップに朝のクスリだけだが）をお盆にのせて三階の部屋に行った。

それも「マーフィーの法則」に関係しているのか、風太君は、再びこころもち赤い顔をして寝入っていた。深い呼吸だ。苦心作のお粥を持って、わたしはかれを起こすべきか、これはこれで自分で食べて、また起きたら改めて作りなおすかどうか少々考えてしまった。

一日おいて週末になった。

そのあいだ風太君は夜になると再び三十九度台になり、わたしは例の保冷剤ハチマキを作って風太君の熱い額にまきつけた。風太君は赤い顔をして半覚醒状態になっていた。水を沢山のませてください、と医師から言われていたので、少し可哀相《かわいそう》だったが強引に上半身だけ起こし、冷たいミネラルウォーターを飲ませた。そのとき背中が汗で濡《ぬ》れているのがわかったので、ついでに着替えさせることにした。汗はパンツまで濡らしていたが、これはいいことだと思った。かれの体から水分がどんどん奪われていく。汗をかけば体の熱は少しは下がるだろう。そしていま飲ませた水が新しい汗になる。

「じいじい万里の長城に行ったトコあったっけ？」

新しい乾いたパジャマに着替えたところで風太君が聞いた。その質問は以前にも何度か聞いている。かれは今、世界のそういう不思議な遺跡に興味があり、万里の長城の次に今はマチュピチュが気になっている。

わたしは万里の長城には行ったがマチュピチュには行っていないので、そっちのほうはかれの質問に答えることができない。きっとそれらもかれの愛読雑誌『そーなんだ!』で得ている情報なのだろうけれど、そのあとしばらくマチュピチュについての話をわたしに聞かせてくれた。熱があるのにあまりいつまでもそういう話でコーフンさせるのもよくないと思い、

「ふーん、面白いなあ。でもそのあとの話はまた明日にしようか。じいじいはまだ仕事があるからね」

わたしはそう言った。

「そうだね」

かれは素直に言うことをきいた。わたしは風太君のこの「そうだね」という返答がとても好きだった。わたしはかれの寝ているベッドが見渡せる自分のデスクに戻り、本当はそんなに急いで書かなくてもいい原稿仕事に無理やり突入した。風太君の顔のほうには直接電灯の明かりがいかないようにした。そうして静かにしていればやがて寝入る筈《はず》だった。

しかし、かれは熱のなかでまだしきりに考えているようだった。

「じいじい」

「ん?」

「マゼランって知ってる?」

「知っているよ。世界の海を船で探検した人だ。じいじいはその人の行ったマゼラン海峡には何度か行ったことがあるんだよ」

「ふーん。どうだった?」

「寒いところだよ。地球のはずれだし。南極に近いところだから」

「ふーん」

「でもその話もまた明日にしよう。じいじいは仕事があるからね」

「うん、そうだね」

わたしはそのあとは絶対に黙っていることにした。とにかく再びぐっすり眠らせて、熱を下げなければならない。

その夜更けにわたしの携帯電話に、風太君の父親から電話があった。メルボルンからだ。

「いま、寝ているよ。熱は下がっている。めしも食ってる。心配はないよ」

わたしは低い声で言った。

「じゃ頼むね。こっちはまだあと十日と少しかかりそうなので」

「大丈夫だよ。心配すんな」

時計をみると午前一時をすぎていた。

わたしが子育てをしている頃、今のかれと同じように仕事で長期間外国に行っていることがよくあった。家族の様子を知るために自宅に電話をしたかったが、当時の通信状況は今とくらべると格段に悪く、国際電話を申し込んでも繋《つな》がるまで五、六時間かかる、などということはざらだった。さらに運よく繋がっても、雑音だらけで互いに言っていることの三分の一も理解できなかったりした。

時代は進み、少なくとも国際的な通信技術はすこぶるいい状況になっている。けれど、その一方で、行き過ぎた科学が、家族を置いて外国に行っている親にはどうしようもないほどいまいましい、巨大な不安を作ってもいる。原発の事故である。あの問題は、いったいどの情報が本当なのか、隠蔽されているものがどれだけあるのか、正確なところはわたしたちにはよくわからなくなっていた。そして、外国のテレビなどが伝える日本の状況は、おそらく「ありのまま」を流しているだろうから、風太君の父親などは日本の隠し事だらけのテレビ映像などより外国メディアに流れているえらく刺激的な映像を見ているのだろう。今、この時間、この家族は日本に住むことに決めたのだから、とにかくじっくり生きていくしかないのだろうな、とわたしはひっそり考えていた。

仕事の手を休め、少し神経が疲れているのを感じた。ちょっと迷ったが、冷蔵庫からカンビールをとりだし、グラスにも注がず、そのまま飲んだ。ようやくベッドのほうから規則的な寝息が聞こえてきている。

風太君は平熱に安定すると、子供特有の回復力の早さでたちまちいつもの状態に戻った。

とはいえ、まだ感染力があるといけないから、かれの母親はかかりつけの小児科医院に風太君を連れて行き、そのことを確認してきた。

「全快」である。

「やったあ。じゃ学校に行く」

風太君は陽気に言った。やれやれだ。しかしもう金曜日になっていた。結局かれとの看病合宿はほぼ一週間かかったことになる。わたしの妻も破傷風にもならず福島から帰ってきていた。けれど、その安堵《あんど》も長くは続かなかった。その翌日の夕方、風太君の母親から電話がかかってきた。

「心配していたとおりになってしまいました。今度は海が高い熱をだしてしまいました」小さな悲鳴をあげるような声だった。

すでに五時近い。幼稚園から帰ってきてしばらくいつものように家で遊んでいたのだがどうも様子が違う。熱を測ってみると三十八度近い、という状態だったという。その日は朝から冷たい雨が降っていた。

駅前にある小児科医院に自転車で連れて行く、という母親を説得して、わたしがクルマで二人を連れて行くことにした。そのあいだ家に残っている風太君と琉太くんの世話をわたしの妻がみる、という緊急シフトだ。

わたしのクルマのなかで母親に抱かれて海ちゃんはぐったりしていた。幼稚園から帰ってきたときは普段とかわらなかったのだけれど、急に吐いて、それから倒れるように悪化していったのだという。どうやらこれはインフルエンザの家庭内感染ということになるようだった。

診察を受けているあいだ、わたしは医院の近くにクルマをとめて待っていた。ほかの患者もいるだろうから最短でも三十分ぐらいはかかるだろうと覚悟していたのだが、思いがけず十分ぐらいで二人は外に出てきた。母親の顔が夕闇のなかで緊張しているのがわかる。

インフルエンザの反応は出ていないけれど、高熱と吐き気のほうが心配なので、もっると大きな病院で診てもらったほうがいい、という診断だったという。新宿の戸山《とやま》にある緊急外来を受け付けている大きな病院への紹介状を医師が書いてくれていた。

　そこでわたしたちは、家で二人の男の子の面倒をみているわたしの妻にそのことを電話で知らせ、そのまま新宿の病院にむかうことにした。住所をカーナビにインプットする。

　わたしたちの住んでいるところから新宿駅までは通常タクシーで十分ほどで行けるが、病院はさらにその先にあるので、カーナビは、二十分ほどかかります、と告げている。時間はまだ六時前だ。なんだか救急車のような気分になってきた。気持ちが焦る。小児科の専門医が対応できない症状とはいったい何なのだろう。母親の胸の中に海ちゃんは顔を伏せたままだ。

　カーナビの指示するとおり走っていくと、歌舞伎町《かぶきちょう》の区役所通りに入っていくようにガイドしている。夜遅くなると酔った親父《おやじ》やいかがわしい客引きのような男やいまにも崩れ落ちそうに酔った女を抱きかかえていく男などがわさわさしているところだ。

　こんなデンジャラスゾーンを熱のある小さい子を乗せて走っているのが不思議な気持ちだった。日本で一番危険な繁華街は、道行く雑多な人が「こんなところをクルマで入ってくるな」と言わんばかりに、わたしのクルマなんかまるで無視した強引な勝手横断の連続だ。といって焦ってこんなところでヒトを轢《ひ》いたらえらいことになる。

でも状況は絶対に急いだほうがいい。慎重にしかし素早く運転していくと、間もなくその通りをすぎて幹線道路に出た。そこはよく知っている道だ。ここにくるならば、縦に走る幹線道路を左折するだけで簡単にやってこられるのだ。なんであんなややこしい気をつかう細い道をカーナビが指示したのか、その意図がわからない。おそらくルートを計算して、それが二分とか三分のレベルで目的地に近かったというくらいの理由だ。カーナビは所詮は機械だ。いつも怪しげな人々で混雑しており、運転に神経を使うようなややこしい道はかえって時間がかかる。カーナビはそこまで知らない。そういうアホくさいことはこれまでもよくあって、わたしは一人で運転しているときはカーナビと喧《けん》嘩《か》ばかりしていた。

海ちゃんが、母親の胸にあるタオルの中にまたいくらか吐いているようだった。

さらに走っていくと大きな道ぞいにいきなりその病院が現れた。母子は緊急外来受付に急ぎ、わたしは少し緊張をとき、地下の駐車場にクルマをいれた。

駐車場は比較的すいていた。携帯電話の電波が入りやすいように、できるだけ入り口に近いところに空きスペースを見つけ、そこにクルマを入れた。

まだ雨が降っていて空気は重く冷たかったから、エンジンを切るとまもなく車内が冷えてきた。まさかこんな状況になるとは思わなかったので簡単な部屋着でクルマに乗ってしまったのだが、このじわじわ攻めてくる冷気にはまいった。

しばらく我慢していたが、よく考えてみるとわたしのクルマはピックアップトラックで、もっぱら釣りキャンプのときなどに使っている。荷台にはそのキャンプ道具をそのままのせてあった。

荷台のシートをあけると「やれうれしや」キャンプザックがそのままあった。少し考え、冬の海に船で行くときに着る上下つながった防水ヤッケをひっぱりだしてそいつを着た。都会でそんなのを着ていると相当にヘンな人だが、いまは仕方がない。

一段落していると海ちゃんのおかあさんから携帯電話に連絡があった。

「点滴をすることになりました。二時間ぐらいかかるそうです。いいんでしょうか」

「大丈夫。ここんとこ寝不足だから、クルマで寝ているから」わたしは言った。

荷台のザックにはテントやシュラフ（寝袋）が入っているのを思いだしていた。

カタパルト発進

小さな子供たちのインフルエンザ連鎖攻撃のあとはミズボウソウ連続攻撃があって、またもや風太君といちばん下の琉太くんがまるでバトンタッチそのままにそれぞれ二日ずつの熱に倒れた。

そうしてかれらが治る頃、かれらのおかあさんがついに高熱になった。やはりおかあさんもインフルエンザのようだった。

三匹のチビたちはそれぞれ順番に寝込んですでに「インフル卒業」をしているので、わたしの家に誰かを引き取り避難させる、ということをしなくてもよくなっていた。しかしかれらのおかあさんの熱は、都合十日間連続した三匹の病院通いや看病疲れによるのも確かなので、夕食などはおかあさんを楽にさせるために、わたしの家で子供たちだけ食べさせるようにした。

三匹たちにはいっぱしにそれぞれ「好み」というものがあって「今夜は何がいい？」

とわたしの妻がみんなに聞くと、リクエストが全員違ったりする。まあチビでも人間だ、大人でもチビでも個性と好みで成り立っている訳だからそれが当然といえばそのとおりだが、みんなの言うことをそれぞれ聞いていたら台所がてんてこまいになる。

風太君は面白い子で、おやつにニンジンを生かじりするのが好きだった。皮をむいてもらってちょっと小ぶりのニンジンだったらたちまち一本食べてしまう。コンビニあたりのどんな添加物が入っているかわからない菓子類などよりはよほど体にいいだろうから、わたしはそれを褒めてあげる。

琉太くんはオセンベが一番好きだ。そして海ちゃんはイチゴ。三人違うのをガリガリ、ベリベリ、モシャモシャやっている。

食事の献立になると海ちゃんがいちばん好き嫌いが激しく、料理によっては海ちゃんだけがふくれっ面になったりする。琉太くんは「肉ぼうず」だから「何がいい?」と聞くと即座に「肉!」と言う。まだ三歳になったばかりだというのになんてこった、とわたしは思う。

あれがいやだ、それがいい、これをもっとちょうだい、水をこぼした、箸をふりまわしちゃだめ、などと夕食の三十分は連日大騒ぎだ。けれどもとにかく全員熱もなく、好きなだけ食べることができるのだから、騒々しいけれど、目下のこれはとりあえず「平和状態」ということなのだろうな、とわたしはあちこちまんべんなく見張りの態勢になりながらも、気持ちを安定させてビールを飲む。

そうこうしているうちにかれらのおかあさんも全快し、「春休み」になった。休みになるとそういうことになるのかな、と多少用心していたが、その用心のとおり毎日、風太君から電話がかかってくる。時間はだいたい午後一時ぐらいだ。

「じいじい。そっちに来てもいい？」

彼は小学三年生になるのに「行く」と「来る」がまだちゃんとわかっていない。

「そっちに来てもいい、じゃなくてそっちに行ってもいい、だろ」

わたしが訂正をうながす。

「あっ、そうだった」

わたしはその日の仕事の段取りを頭に浮かべ、かれらが来ても書けそうな原稿仕事の場合はＯＫの返事をする。少し集中して書かなければならない原稿の場合は三時頃を指定する。

かれらの父親は、かれらが春休みのあいだも大阪で開催しているツタンカーメン展のイベントにずっと張りついていて東京に帰ってこられないので、わたしは三匹のためにその期間、昼間は外出しないことにしていた。

出版社との打ち合わせなどがあるときはそれを夜七時以降にした。場所は新宿の居酒屋あたりを指定する。夜になると普通の日は三匹とも自宅に帰るからだ。

午後一時に三匹がやってくると、わたしの家はちょっとした幼稚園状態になった。もう迎えにいかなくても三匹でわたしの家にやってくることができる。三年生になる風太君が道を行くクルマなどに注意しながら、なにやかやいろんなことを話しながらふたりを連れてやってくるから、三階にあるわたしの部屋からでも、かれらが接近してくるのはよくわかる。やがて門についているインターホンのボタンが押され、わたしの部屋の小さなモニタースクリーンに三匹の小さなかいじゅうたちの顔が映る。

魚眼式のレンズだから風太君の顔がいちばん大きく、その下に海ちゃんの顔。そしてせいいっぱい背伸びしている一番ちいさな琉太くんの頭のてっぺんから額のあたりまでが見える。

「じいじいはいますかあ」

風太君がいっぱしにそういうことを言う。

マンションなどだと、スイッチひとつでドアの解錠などできるのだが、わたしの家にはそんな高級な装置はないから、三階から玄関まで階段をドンドン降りて、玄関から門までの外階段を降り、内鍵をあけてやらなければならない。

でもその前にインターホンでわざとわたしは聞く。

「どなたですかあ?」

「風《ふう》たちです」

風太君がキマジメに、まともに答える。

「海もいます」

海ちゃんがあわてて言う。

「ほにゃふにゃらら」

琉もいます、と言っているのだろうが、古いインターホンのマイクからはずっと下のほうにいる琉太くんの声はそんなふうにしか拾えない。

「ではそこで少し待っていてください」

わたしはあくまでも正しく応対し、それから急ぎ足で三階から一階まで一気に降りていく。玄関から門までは一階ぶんほどの高さで硬い石の階段があるから、ここを慌てて降りて転ぶと絶対に怪我《けが》をする。

「我々はもうじいちゃんばあちゃんなんだから、この階段は慌ててかけ降りないようにしろよな」とわたしは妻によくそう言っているところだ。

「あなたこそタクシーを呼んでいるときなどよくドタバタ靴音がするわよ。一番上で足を踏みはずしたらまあ下まで三回転はするでしょうね」

妻からの応酬がくる。

「あっ、じいじいがきた」

門の隙間から覗《のぞ》いている三匹のかいじゅうたちの目が見える。なんだかおかしい。そうしてすぐにかれらとのドタンバタンの午後がはじまるのだ。

三匹はまず二階のリビングルームに直行する。食卓の大きなテーブル、ソファと椅子の三点セット、キッチンとカウンターなどを全部ひとつの部屋に集めているのでそこがいちばん広く、いろんな遊びができるからだ。しかも部屋の一角にある大きな物入れにはかれらがいつも遊びに使うものが入れられていて、その日によって、それらがいろんな遊びの道具になるのだ。

だからほうっておいても、しばらくは平和にかれらだけで遊んでいるのだが、十分もすると必ずなにかの騒動がおきる。たいてい海ちゃんと琉太くんのそれぞれの遊びたいモノの取り合いだ。風太君はひとり静かに絵をかいていたり本を読んでいたりして「我関せず」だ。もうそういう下のチビたち二人のいさかい騒動は毎日のことなので、風太君はさっさと自分の空間をつくる自分なりの「しくみ」をつくってしまうようだ。

わたしはリビングルームの一階上の自分の部屋で仕事をしているので、なにかの騒動がおきるとドタドタと階段を降りて様子を見にいくことになる。何か仲裁しなければならない状況と、ほうっておいても自分らでなんとかするようだな、という見きわめをつけてまた仕事に戻る。絵をかいたり本を読むのに飽きると風太君はわたしの部屋にやってきて「今日はなにを書いているの？」などと聞いてくる。かれはわたしの職業がいろんな本を書く仕事だ、ということを知っているし、わたしの書いた子供むきの本はすでにいくつか読んでいる。一番驚いたのは『大きな約束』という、かれらがアメリカで暮らしていた頃の話を書いた本を読んでいたことだった。

自分のことが書いてある、と親たちから聞いて読みだしたらしい。聞いてみると読めない漢字はもちろん沢山あるけれど、前の文とあとの文から類推しているらしい。子供特有のカンのよさで、けっこう理解していってしまうようだ。

いつもより寒い年で、三月になっても雪が降った。春休みのかいじゅう攻撃はそんなふうに毎日続いたが、海ちゃんと琉太くんはおかあさんとおつかいに行き、風太君だけがやってくる日もある。その場合は海ちゃんと琉太くんの十分間に一回はあるけんか騒動がないから、わたしは最初から原稿仕事をしており、風太君はわたしの部屋や隣室の客間にいて、やはり絵をかいたり本を読んだりしているから、まったく問題はない。けれどそれらに飽きるとわたしのそばにやってきて「今日は何を書いているの？」などと聞いたりする。

その日は旅に関する比較的楽な原稿を書いていたから質問の好きな少年の疑問にありのままを答えることにした。

わたしの机の上に「般若心経《はんにゃしんぎょう》」を書いた紙が置いてあるのを風太君はいち早く見つけた。お遍路さんが目的の寺につき、拝礼するときに唱えるものだ。

漢字ばかりだが全部にルビがふってあるから、かれにもそのまま読める。

「かんじーざいぼーさーぎょうじん……はーらーみーたーじーしょうけんごーうん……どーいっさいくーやくしゃーりーしー……」

大きな声で全部読む。

「それを全部覚えてしまうといいことがあるんだよ」

「ふーん」

風太君は何が面白いのか、何度もそれを読み、一所懸命暗記しようとしている。それを聞きながらわたしは原稿仕事をする。その原稿の中で般若心経の一節が必要だったのだが、もうその引用は済んでいる。

かれは飽きずに何度もそれを大きな声で読んでいた。その日は風が強く、部屋のガラスが風で何度も激しい音をたてた。風と般若心経。なんだか不思議とよくあっているのが面白かった。

しばらくするとさすがに飽きたようで、風太君はわたしのそばに来て「なにかほかに面白いことはないか」と聞く。

わたしの原稿も丁度一段落したので、リビングルームに行って二人で紅茶を飲むことにした。そうして二人で話をする。茶飲み話だ。風太君はいまアレキサンダー大王やローマ軍のタタカイについて興味があるようだ。

「その時代の戦争は槍《やり》や弓ばかりでなくて大きな石を城にむかってとばしたんだって」

風太君は言う。

「うん。そうなんだよ。大きな石投げ機を発明してそれで石を投げて攻撃した。レオナルド・ダ・ヴィンチという天才が改良したんだ。たしかカタパルトといったな」

「ふーん」

風太君は、近頃何を話しても興味をつのらせる。知らないことを聞くととにかく詳しく知りたくてならない歳頃《としごろ》になっているのだ。

「たしかそのしくみを書いた本があったな。探してみようか」

「うん、見たい」

大きな図鑑なので、すぐに見つかった。図鑑というのは子供たちにとって宝の国みたいなものだ。ダ・ヴィンチのカタパルトはそのしくみを立体的にしたものが出ていた。

「巨大なテコを原理にしているんだな。テコはわかるか」

「うん知ってるよ」

風太君は嬉《うれ》しそうに言った。それからわたしの机の上のエンピツを手にもち自分の指の上でそれをぎこちなく上下に動かした。

「こやって、こやって、動くやつでしょ」

「うん。よく知ってたな。『そーなんだ!』に出ていたのか?」

「違う、エジプトのピラミッドを作るときの本に書いてあったんだ。同時にコロというのも大事なんだ」

やっぱり男の子なんだなあ、とわたしはわたしでそういう会話がなんだか嬉しくなってくる。

「それじゃ、そのカタパルトを作ってみようか」

「えっ。作れるの。ほんと?」

「両方で作ってタタカうんだ」

「いいよ。絶対負けないよ」

作り方もまだ知らないのに、このところたびたびいろんな遊びでタタカイをしているから、絶対負けないよ、はかれの常套句《じょうとうく》のようになっている。わたしは風太君をつれて屋根裏部屋にいき、ちょっとした工具入れと、小学生がカタパルトを作れるような材料を探した。

　整理棚の上にわたしのカメラの付属品、フードやもう使わないだろうフィルターなどの入っているいかにも柔らかそうな箱をみつけた。もとはカステラの入っていた箱のようだ。それから屋根裏部屋のドアをあけて屋上に行き、その箱から適当に何枚かの板を切りだした。小さなノコギリで簡単に切れる。風太君にも同じようにやらせた。

「タタカイの道具はお互いに秘密だからな。だから基本の構造は教えてやるけど、こまかいところは自分で工夫するんだぞ」

「いいよ。できるよ。そのくらい」

　風太君にそう言ったものの、実際にモノを飛ばせるカタパルトの作り方を、わたしも実ははっきりわかっているわけではなかった。

　ワリバシと大きめの輪ゴムを使えばなんとかなりそうだった。

　細長い板の上に五センチぐらいの高さのテコの基礎になるようなものをつけ、その上にワリバシをのせてガムテープで固定させる。ただしテコのようにワリバシが動くくらいのゆるやかさだ。ワリバシの一方にダンボールで四角い小さな箱をつける。その箱の中に本来は石である攻撃用のなにかをのせる。ケシゴムがいいかもしれない、と思った。

輪ゴムを仕掛ける位置もだいたいわかった。風太君はわたしのやることを注意深く見て、それの真似《まね》をしながら、でもなにかかれなりに挑発している。

「じいじい軍団なんかに絶対負けない大大大大攻撃ができるカタパルトにするぞう」

「おお。いいじゃないかやってみろよ」

それから両方秘密の工作になった。

互いに三十分ぐらいでそれらは完成した。

「まず、とばしっこだ。遠くに飛んだほうが勝ちだ」

「ようし負けないぞ」風太君の声が弾んでいる。子供にとってはこういう展開は嬉しくて仕方がないのだろう。

そのタタカイはリビングルームでやることにした。両者四メートルぐらい離れて向かいあう。輪ゴムの位置と、それをいかにうまく張力・反発力にしてケシゴムのはいったテコの箱を飛ばすか、やってみるとなかなか難しいのだが、何度か繰り返しているうちに互いに飛ぶようになった。

「じいじい、やった！　完成した」

風太君が顔を真っ赤にしてコーフンした口調で言った。今にも飛び上がらんばかりだ。そうしてわたしと風太君のタタカイがはじまった。風太君はタタカイになるとなかなかうまくケシゴムが飛ばず、かなり本気で焦っていたが、やがてわたしのカタパルトのすぐ近くにまで飛ばせるようになった。

「やった。もう少しだ。じいじい軍団なんかやっつけるのは簡単だ」

風太君の顔がまたさらに紅潮している。面白くて楽しくてしょうがない顔だ。

「じいじいに命中するようにお祈りするからな」

そう言って風太君はなんと、

「かんじーざいぼーさー……はんにゃーはーらーみーたー……」

などと大きな声で言っている。子供の記憶力というのはまったくもの凄《すご》いものだ。さっきの般若心経の出だしあたりをもう覚えてしまっている。それにしても般若心経を唱えながらカタパルト攻撃をする小学生ってなんなんだ。

寒い春は少し退き、週末からけっこう劇的に暖かい空気が南から流れてきたようだ。そしてそれに応えるように東京の桜が一斉に咲きだした。

月曜日からは小学校がはじまる。幼稚園もはじまる。風太君は三年生になり、海ちゃんは「きく組」からついに年長さんの「もも組」になった。そして琉太くんもその幼稚園の年少さんの「うめ組」になった。

三匹の「晴れの日」のためにかれらの父親は週末に久しぶりに自宅に帰り、幼稚園には両親で行けることになった。

わたしと妻はその日の朝、なんとなく落ちつかなく、かれらが家を出る十五分前に二人して様子を見にいった。

海ちゃんはまあ普段と変わりないわけだから慣れたもので、三つ編みの髪の毛を両手でもってヒラヒラさせている。琉太くんはチェックの半ズボンに膝上までの黒い長靴下。男女同じデザインの襟なしの上着から白いシャツの襟を出している。

でもそんな恰好《かっこう》をさせられているうちに琉太くんはこれから何かタダナラヌことがおきそうだと感じたのか母親の足にしがみついて「幼稚園にはいかなーいよー」と泣いている。

「あれれ。なんだ、琉太くんはまだおにいちゃんじゃないのかあ」

わたしと妻は言った。でもかれは耳を貸さずにとにかくしっかり母親にしがみついているので、母親は自分の支度ができないで困っている。

わたしの妻が泣いている琉太くんのそばに行って耳もとでなにか言った。何を言ったのかわたしのところまで聞こえなかったが、それで琉太くんがふいに泣きやんだ。それから妻の前で何か言った。わたしの妻は若い頃に十五年ほど保育園の保母さんをやっていたから、こういうとき、ほんとうに魔法でもかけたみたいに「わからんちん」をしている小さな子をてなずけてしまう技を持っているのだ。そうしていままでの大騒ぎが嘘《うそ》だったように、琉太くんはすっかりいつものやんちゃで「きかない」顔になり、幼稚園出発の「覚悟」をしたようだった。

全員の支度ができ、家族四人が出発する。風太君はもう小学校に行ってしまったので、かれら家族全員、というわけにはいかなかったが、両親と海ちゃんと新入園児、琉太くんが並んだ記念写真を玄関前でわたしが撮った。

琉太くんはいつのまにか笑い顔になっている。

「じゃあ行ってきます」

子供たちの親がほぼ同時に言った。

「行ってらっしゃい。海ちゃん。琉くん」

わたしたち、じいちゃん、ばあちゃんは小さい子供たちの顔を見て言った。

「バイバイ。行ってくるね」

海ちゃんが言った。

「バイバイ」

琉太くんが言った。

沖縄で琉太くんのパスポートをとってアメリカにまた戻ろうとしたのは、ほんの一年前のことであった。でもわたしにはあれから随分長い月日が経《た》ったような気がしていた。あの頃の日々も不安な毎日だったたし、東京に帰ってきてからもわたしたち老夫婦および息子夫婦も含めて東京の生活がどうなっていくのか本質的な不安は変わっていないはずだ。

でもなんとかいまのところ、こんなふうに通常の生活としては落ちついた日々をおくることができている。

幼稚園にむかう親子四人は、時々振り返って、道端で見送っているわたしたちに「バイバイ」と大きな声で言う。

幼稚園にむかう道の最初の曲がり角の家に小さな桜があって、それもきっぱりちゃんと花を咲かせていた。

三匹のかいじゅうたちは毎日毎日とにかく騒々しいけれど、でもそれがけっこうわたしの気持ちを安定させているのだ。

親子四人は桜のある家の角を曲がっていった。いつ頃までわたしはかれらの「バイバイ」という声をこうして街角に立って聞けるのだろうか。

わたしはまだ快晴とまではいかないちょっと不安定な都会の空を見上げた。風が少し吹いているのに気がついた。新しい季節がきっぱり始まったのだ。

あとがき

『岳物語』からはじまったこの、なんというか軽い私小説のようなものも、形はいささか変わっても、なんとなく連綿と続いていって、少しあいだをおいて本書のようなものにひきつがれてきた。

このシリーズはなんだか知らないうちによく売れて、編集部から聞いた話では累計三百万部以上にまでなっているようである。それから不思議なことに、このシリーズは教科書に載ることが多く、それに関連して、中学や高校の模擬試験のテキストに使われている。これまでいくつその事後承諾書類を目にしたかわからない。

教科書に載るようなことを書いていたのかなあ、という著者当人の戸惑いはあるが、子供と父親との交流を、そのまんま書いてきたので、なんというか、ひとつの変わった親子づきあいの事例として面白がられたのかもしれない。

事実をベースに書いているので、書かれた当人には数々の迷惑を与えたようだった。

そのため、このシリーズは、モデルの当人（わが息子）が中学生になったところで続きを書くのをやめた。

経過を見ていると、本当はそのあたりからのほうが波瀾万丈《はらんばんじょう》で、小説の題材としては一番面白い時期だったのだが、これはまあ仕方がない。かれは十九歳のときに単身アメリカに渡り、むこうの大学に入った。カリフォルニアの海が見える、小さな町の大学だった。それから十七年、かれはアメリカでの生活を続け、途中で結婚してかれ自身が父親になった。

つまりぼくの孫ができたのである。

この本は「その孫たち」と「おじいさん」であるぼくとのつきあいが話の中心である。日本とアメリカと長い距離を隔てているので日常のつきあい、ということは少なかったが、ぼくのほうがかれらの住んでいるサンフランシスコに行ったり、ときおり（といっても考えたら一回だけ）かれらがちょこっと日本にやってきたりする程度の触れ合いで、その顚末《てんまつ》はシリーズの後ろのほうに位置する『大きな約束』（正、続）という本になった。そして本書はその本の続き、ということになるのだ。

なんとまあ、とびとびながら三十年近く、自分のファミリーのことを題材にしてきてしまったのである。孫というのは関係がだいぶ間接的になるので作家としては書きやすい存在で、『大きな約束』は基本的に自分の日々を話の本体にしているのだが、アメリカにいる孫との、主に電話による交流が全体のアクセントになったようである。まあ勝手にどうぞの「じじバカ小説」と思っていただければいい。孫はアメリカでもう一人生まれ、一男一女となった。そして、ありがたいことに三人目の子供ができた。その子は日本で産む、ということになり、出産のために家族そろって日本に一時帰国した。

その背景にはもうひとつ、アメリカ生まれアメリカ育ちの二人の孫に日本の生活をしばらく体験させておこう、という目的もあった。だから三人目が生まれて飛行機に乗れるようになったら、またサンフランシスコに戻る、という選択肢のなかでの一、二年の滞在、という可能性が大きかった。

そこに東日本大震災がおき、運命は少し変わった。結果的にいうと、かれらファミリーはそのまま日本に帰国し、定着していく、ということになったのである。

ぼくのまわりに常にいるようになった三人の孫は、たちまち「三匹のかいじゅう」となって、ガオーガオーなどとわめきまくることになる。父親の岳君は、いつのまにか、ぼくがかれのことをモデルにして書いた「父と子」の歳《とし》関係になっており、なんとなく歴史は繰り返す、というコトの片鱗《へんりん》をあらわにしてきたのである。

父親ではなく、祖父として小さなこどもたち（かいじゅうたち）とつきあうのは、ぼくにあまり教育責任がない、ということもあって、そのことごとくが面白く、経過的にいうと「面白半分」の日記みたいにして、本書を書いてしまった。

かれらは本書を書いたあともタケノコみたいに驚くべきペースで毎日ぐんぐんいろんな意味で成長し、いろんな事件をまきおこしてくれて、わが静かな生活に乱入してくるのであるが、まあ怪獣映画でいえば地球の平和を守るために、じいじい（もちろんぼくのこと）は日毎《ひごと》苦しい（しかし面白い）タタカイを続けているのであります。

二〇一二年、冬の陽《ひ》だまりのなかで

椎名　誠

文庫版のためのあとがき

それからちょっとした年数がたった。

彼らが日本に帰ってきた日がはっきりしているし、日本で生まれた琉太の年齢を数えると七年が経過しているのだ。

「三匹のかいじゅう」は上から十二歳、九歳、七歳となり、それぞれ好きな方向に元気にはばたいているようだ。

もうじき中学生になる風太は勉強が好きな子になり、クラスで背も一番高いので運動もよくできるようだ。リレーの選手に選ばれた、などと聞いたので「いいじゃないかどんどんいけよ」などと言うと、本などで顔を隠し「もうそんなことを言わないでくれよお」とこっちがびっくりするくらいテレルのがおかしい。彼はとにかくあまり目立ちたくないのだ。面白い子だなあ、と思って見ている。ガレージの横で何本かの樹木を育て、そこに集まってくる虫などみつけると嬉《うれ》しくなってしばらく家の中には入らないくらいだ。

まん中の海は主張がはっきりした子で、小学校は女の子だけのところがいい、と頑強に親に訴えていた。それには私立校しかないのだが、あまりに必死なので彼女が主張するその小学校を受験させた。落ちればあきらめて公立で、風太おにいちゃんと登校するのが一番安全だがのう、とじいじいは思っていたが、合格してしまったので一年生から都内の私立小学校に電車通学している。ランドセルばかりがめだつ状態であんなちっこいのが混雑する山の手線で毎日通学するのかと思うとその時期は心配でならなかった。でも女の子はあんがい一番つよい。今は三年生なのですっかり慣れ、本人もエンジョイしているようだ。

琉太は風太とならんで同じ小学校に行っている。無鉄砲なのはだいぶ自制が効いてきているようだが、一度ディズニーランドに連れていってもらい海賊の拳銃を買ってもらってからはわたしの家に遊びにくるときなど玄関をあけてやると同時に拳銃で「バーン」と言ってわたしをコロスというひどい奴《やつ》なのだ。

いつのまにか彼らはわたしを「ラクダさん」と呼ぶようになった。いつも陽《ひ》やけして茶色い顔していていてでっかいからラクダにそっくりだ、というのだ。これは海が名付けの首謀者にちがいない。

彼らの家族のやがての大きな夢は、父親の仕事が少しあいたときに家族みんなでサンコンカン（サンフランシスコ）に行くことだという。風太はまだいろいろ記憶がはっきりしているが、海は果してどのくらいか。琉太にとっては初めての土地だ。沖縄でとったパスポートの写真はまるで赤ちゃんなのだが。

まあそんなふうにして「かいじゅうたち」はさらにぐんぐん育ってなんとなく自分の好きな道をさがしつつあるようだ。

二〇一五年、一一月自宅。風の強い夜に。

椎名　誠

解　説

沢野ひとし

——孫は子よりもかわいい。

世の多くのじいさん、ばあさんどもはいう。確かに息子や娘の子どもを抱いたり手をつないだりして歩いている後ろ姿には、安らぎのようなものを感じさせる。

男性に限っていえば、慌ただしい仕事や会社組織から解放される定年を迎えて、やっとひと息つくことができる。そんな時期に孫が生まれれば、顔中、体中で喜びを表すのは当然だろう。

『三匹のかいじゅう』は、風太《ふうた》くん、海《うみ》ちゃん、あたらしく生まれてきた琉太《りゅうた》くんの三人の孫たちにかこまれた椎名誠じいじいの、嬉《うれ》しくも騒がしい奮闘ぶりを描いた作品だ。

文芸誌「すばる」での連載が始まったのが東日本大震災が起きた年だから、あの未曾有《みぞう》の惨事の中で、家族全員が右往左往する姿もリアルに描かれている。

多くの作家は、自分の家庭のこと、夫婦の問題、さらに子どもの話は極端に避けてくるものだ。仮に書いたとしても、主題からさらりと逃げる。

だが椎名誠は堂々たる態度というべきか、なんのためらいもなく私生活をおおっぴらにさらけだす。『岳《がく》物語』で息子の岳少年の成長を描き、さらに孫たちが日々成長していく姿を『大きな約束』『続 大きな約束』『三匹のかいじゅう』で綴《つづ》っている。

孫ができても、じいじいシーナは慌ただしく全国各地を走りまわり、毎日吐息をついている。だが、読者にとってはこういう奮闘記が読んでいて楽しいし、案外そんな話の中に作家の素顔がある。『続 大きな約束』の「湾岸道路」の章に、七十歳に近づいても押し寄せる原稿量について書いている。

〈一カ月分の締め切りを合計すると長短あわせてぴったり四十本あった〉

〈もう朝だの昼だのはまったく関係なく、書けるときはとにかく書き続け、疲れたらやめる。空腹になったらなにか食べる、力が蘇《よみがえ》ってきたらまた書く、という原稿執筆中心の生活のリズムを作った〉

こういう時期に、長く暮らしたサンフランシスコから息子一家がついに日本に帰国し、日本に永住することになった。引っ越し先はじいじいシーナの家の近くで、それはめでたいことなのだが、仕事がら一日中、力のあるかぎり原稿を書く生活スタイルの中に、まるで「かいじゅう」のように騒がしい孫がやってくるのだ。

こうなるとさすがにじいじいシーナも観念して、定年した人のように小春日和のおだやかな老人になるかと思った。だが、いまだに息子の息子ぐらいの若い青年と路上で乱闘騒ぎを起こしている凶暴な老人なのである。

個人的な話になってしまうが、私と椎名誠は昭和三十五（一九六〇）年、高校入学の時からの知り合いだから、すでに五十五年の歳月が流れ、おたがいの性格は嫌というほど知り尽くしている。今年、第六十三回菊池寛《きくちかん》賞をいただいた「本の雑誌」も椎名誠と肩を組んで支えてきた。四十年間、表紙を描き、中に挿絵を載せてきた。そして椎名誠の主だった作品の表紙や挿絵もありがたいことに私がほぼ担当してきた。

椎名誠はこれまで二百六十二冊ほどの本を書いており、自分でも「仕事の虫にとりつかれている」と反省の心をチラリと見せる。しかし、書く力を維持できるのは体力プラス生きるエネルギーがあればこそだ。一度筆を置いてしまうと、ワープロから離れてしまうとそこで終了して、二度と本を出すことはできなくなる。名のあるマラソン選手がどんなに遅れてもゴールをめざすのと同じだ。一度走ることをやめ、放棄すると、二度と走れなくなる。

『三匹のかいじゅう』は『大きな約束』『続　大きな約束』とは違い、じっくり孫との日常生活について語っている。前二作では、慌ただしい原稿と取材の合間に「孫」たちとの会話がつまみというか、添え物として登場してくるが、今回はチビたちがそれこそかいじゅうのように家にあがり込み、かけずりまわる。その姿が目に浮かび、微笑《ほほえ》ましい。

私的なことだが、我が家にも「かいじゅう」が出現する。多い時で週に二、三回、声を上げて玄関から飛び込んでくる。歩いて三十分ほどの距離に住む息子の三歳になる長男だ。また、娘の六歳になる双子の男の子二人が、月に一回は泊まりでやってくる。そんなときは普段使用している食堂のテーブルに、折り畳めるバタフライテーブルをつなぎ、夕食はきまって椎名家と同じ手巻き寿司《ずし》になる。

この本はおそらく孫を持った人なら誰もが納得し、共感するだろう。私もページをめくるたびに「我が家と同じだ」と何度もうなずき、「そうだよね」とじいじいシーナと会話を楽しんでいる。

たとえば最初の「おばけトイレ」の章で、風太くんがトイレをのぞき込んで「奥のほうでおばけがうなっている」と怖そうにしている姿はうちの双子とかさなる。

双子たちは三歳になると、自分の家ではトイレに行けるようになったが、我が家のハイテクトイレは怖がって、なかなかトイレのドアーを開けようとはしない。原因は「間違えてボタンを押したら、ニョロニョロと白いヘビのようなものが出てきた」と真剣に怖がっていたためだ。それはお尻を洗うシャワーノズルのことだった。

「ヘビがいる」とおびえるので、私は双子が来た時は便座の下にあるコンセントを抜くことにしている。日本の温水洗浄シャワー装置は至れり尽くせりなのはいいが、便利な機能ほど時には手に負えなくなる。

三人目の孫、琉太くんが日々成長していくと同時に、じいじいシーナもそれまでの長い海外取材をとりやめて、家にいる時間を多く取るようになった。おそらくそういった海外ロケや取材の仕事に次第に興味が薄れていったのだろう。自宅で原稿を書き、三匹のかいじゅうたちとすごす時間の方が大切になってきたのだ。

いくらか真っ当になったじいじいシーナは、子どものこれから歩いていく将来についても意見をきちんと持っている。春の交通安全週間になると交差点で旗を持って、道路の渡り方を子どもに指導している係の人がいるが、「ある限られた時間だけ」子どもの安全通行を指導するのには疑問を感じている。子どもにとってはこれからの人生で歩いていく先々に常にそういう旗を持った人がいてくれるわけではない。したがって最初から子どもの自己判断で道路を渡るようにした方が、本当の安全管理になるはずだと書いている。

じいじいシーナ節は実にストレートだ。『岳物語』にも同じことがいえるが、ここには子どもをどう育てたらいいのかなど教育論的なものはなに一つ出てこない。放任主義、野放しとは異なるが、子どもの進み方について余計な口出しをせず、子どもを信じ、自己判断に任せている。

誰にも紆余曲折《うよきょくせつ》はあるものだ。子どもが少年から青年になり、やがて結婚して、子どもが生まれても絶えず迷いが生じる。その時はその時に判断すればいい。心配しても始まらない。「将来についてあまりいじくるな」とじいじいシーナはいう。物事をクヨクヨと考えないで、「前へ前へ」と進めばきっといいことがある、と諭してくれる。

シーナの奥さんの一枝《いちえ》さんは、中国ハルビンで生まれ、父親がすぐに亡くなってしまった。したがって父の思い出はない。そして自分を生んだ母親が亡くなると、猛然とハルビンに行きたくなり、それから何十回とハルビンへの旅をくりかえす。「生まれた聖地」に人はいつも帰っていくものだ。

一枝さんの書いた『ハルビン回帰行』『桜を恋う人』といった本をいつか三匹のかいじゅうたちは読む時がきっとくる。その時、自分のおばあちゃんの生き方をどう思うのだろう。あるいはじいじいシーナの本を読み、どんな感想を持つのだろうか。わき目もふらず、時には喧嘩《けんか》もあった夫婦の生き方をどう思うのだろう。

シーナ家の物語は、私にも読者にも大いなる勇気を与えることは確かである。きれいごとが綴られる教育論や人生論の本は、時とすると自慢話が見え隠れして、鼻持ちならないところがある。もしかすると孫の育て方、教育論としてこの本を読む人がいるかもしれないが、それはそれでいいと思う。

琉太くんが机から落ちて腕の骨折治療で何度か病院に行くことになった時の、孫が命より大切なじいじいの慌てぶりがおかしい。その思いはエスカレートして、病院の前の「駐車違反」に激しい怒りをぶつける。ここがなんとも頼もしい。

進路妨害をするわけではないのに、三分も車を止めるとフロントガラスに違反の紙を貼りつけることに憤慨するが、じいじいはすぐさま行動に表す。そのことで最寄りの警察署に電話すると、広報係の常套句《じょうとうく》というか紋切り型の返事に、じいじいシーナはさらに怒りを炸裂《さくれつ》させる。

「公器をもって私憤を晴らす」ことに反省しながら、連載の週刊誌にその顚末《てんまつ》と疑問を書いた。すると読者から思わぬ反響があり、病院側もすばやく対策を講じることになった。そしてじいじいも、そもそもチビたちを病院通いなどさせてはならんのだと気を落ち着かせる。

椎名作品はいつもストレートである。ピッチャーにたとえるなら、直球一本勝負の選手である。カーブやスライダーといった変化球は投げない、もしくは使えない投手である。直球が得意な投手は選手生命が長いといわれる。変化球の投手と違い、肩を痛めることが少ないからだ。

「老い」を意識したシーナだが、まだまだ暴れん坊であってほしい。せめて三匹のかいじゅうたちが二十歳になるまでは孫物語を続けて書いてほしい。

広くて美しい街路樹が植わった道よりも、細くて曲がりくねった道の方に、意外にも宝物が落ちているんだよと教えてくれた一冊である。

（さわの・ひとし　イラストレーター）

初出誌――「すばる」二〇一一年四月号、二〇一一年六月号〜二〇一二年六月号

本書は、二〇一三年一月、集英社より刊行されました。

椎名　誠の本

大きな約束

忍び寄る老いを意識しながらも、相変わらず旅に原稿に忙しいシーナ。だが、アメリカに住む息子に子供がうまれ「じいじい」になるという変化が。シーナ的私小説、新章スタート。

続　大きな約束

「じいじい、なんでナルトはぐるぐるなんだ」今日もサンフランシスコの風太くんから電話がかかってくる。父と息子、そして二人の孫。シーナ家三世代の物語、待望の続編。

集英社文庫

三匹《さんびき》のかいじゅう

2016年1月25日　第1刷
2019年6月25日　第2刷

定価はカバーに表示してあります。

著者　椎名《しいな》　誠《まこと》
発行者　徳永　真
発行所　株式会社　集英社
東京都千代田区一ツ橋2-5-10　〒101-8050
電話　【編集部】03-3230-6095
【読者係】03-3230-6080
【販売部】03-3230-6393（書店専用）
印刷　大日本印刷株式会社
製本　大日本印刷株式会社

フォーマットデザイン　アリヤマデザインストア　　マークデザイン　居山浩二

ISBN978-4-08-745406-2 C0193